MIX
Aus verantwortungs-
vollen Quellen
FSC® C022120
FSC
www.fsc.org

ISBN 978-3-649-63945-9

Hafenweg 30, 48155 Münster
Textsatz & grafische Gestaltung: Thomas Wolters, Internetlitho
Redaktion: Anna Louisa Duckwitz

Printed in Slovakia

www.coppenrath.de

DER NAME DER CHRISTROSE

Mit Illustrationen
von Johanna Ries

COPPENRATH

Inhalt

Gisa Pauly

Die gute Seele

Opas Haushälterin war nun mal so. Sie meinte es immer gut. Besonders mit den Menschen, die ihr nahestanden – so wie Opa. Und weil sie es gut mit ihm meinte, hatte sie dafür gesorgt, dass er endlich erkannte, wie sehr er von seiner Ehefrau ausgenommen wurde, die sich eine Haushalterin leistete und selbst den lieben langen Tag auf der faulen Haut lag. Als Opa sich endlich scheiden ließ, weil er einsah, wie gut seine Haushälterin es mit ihm meinte, waren alle Angehörigen empört, nur Marlene nicht. Sie war noch klein, und mit ihr meinte die Haushälterin es besonders gut, indem sie ihr Süßigkeiten zusteckte, die ihre Mutter verboten hatte. Also hatte Marlene nichts dagegen, von Opa und seiner Haushalterin als Mittlerin zwischen den familiären Fronten missbraucht zu werden, denn sie war noch zu jung, um etwas davon zu durchschauen. Alle anderen Angehörigen schränkten den Kontakt zu Opa ein, trotzdem kamen sie dahinter, dass die Haushälterin beide Seiten des nach wie vor vorhandenen Ehebettes bezog, während ihr eigenes Bett weitgehend unbenutzt blieb.

„Sie meint es doch nur gut“, verteidigte Opa sie. „Auch in meinem Alter hat ein Mann noch Bedürfnisse.“

Opas Bedürfnisse wurden lang und breit diskutiert, einige hielten sie für überflüssig, andere sogar für skandalös, Verständnis brachte lediglich Marlene auf. Aber das auch nur, weil ihr die Art der Bedürfnisse verborgen geblieben war.

Die Familie konnte machen, was sie wollte, die Haushälterin verbuchte einen Erfolg nach dem anderen für sich. Jemandem, der es so gut meinte, war eben schwer beizukommen. In einem Punkt jedoch ging ihr Schuss nach hinten los. Die Hochzeit, auf die sie zweifellos hoffte, fand nie statt. Wozu auch? Da sie es so gut mit Opa meinte, fehlte es ihm an nichts. Aus seiner Sicht war es also völlig überflüssig, eine Frau zu heiraten, von der er auch ohne Trauschein und für ein relativ geringes Gehalt alles bekam, was er sich wünschte.

Eines Tages kam die Nachricht, dass Opa sein Haus aufgeben wolle, um mit seiner Lissi, wie er sie nun nannte, nach Sylt zu ziehen. Dort war schließlich ihre Heimat, in List gab es ein Haus, das genau richtig für Opa und seine Haushälterin war, und da die Familie, wie er spitz anmerkte, sich sowieso nicht um ihn kümmerte, konnte er genauso gut am Ende der Republik wohnen.

Die Verwandten liefen Sturm, weil jeder den Verdacht hatte, dass ihnen Opa genommen werden sollte. Aber die Haushälterin bot allen Verwandten die Stirn, indem sie sie einlud, Opa auf Sylt zu besuchen. Man habe an ein Gästezimmer gedacht, und sie würde ihren Schnüsch gern für jeden kochen, der sie besuchen wolle.

Außer Marlene wollte es niemand. Und sie war auch die Einzige, die Schnüsch, den friesischen Gemüseeintopf, mochte. Zwar waren alle nahen und entfernten Angehörigen einmal auf Sylt erschienen, um sich zu vergewissern, dass Opa sich guter Gesundheit erfreute und zufrieden schien, doch länger als bis zur Abfahrt des nächsten Autozuges hatte niemand bleiben wollen.

Opas ältester Sohn überprüfte regelmäßig den Zustand der Konten, aber da es keine dubiosen Abbuchungen gab, setzte sich schließlich die Einsicht durch, dass die Haushälterin es tatsächlich gut mit Opa meinte.

Marlene verbrachte jedes Weihnachtsfest auf Sylt. Ihre Eltern waren in die Schweiz gezogen, und dort mochte sie die Feiertage nicht verbringen, obwohl sie jeden November eine entsprechende Aufforderung erhielt. Nein, das Weihnachtsfest gehörte Opa und Tante Lissi. Sonst kümmerte sich ja niemand um die beiden. Tante Lissi hatte keine nahen Anverwandten, nur einen unge-

ratenen Neffen, der in Marlenes Familie zusätzlich für Aufregung gesorgt hatte.
„Wahrscheinlich zweigt sie von Opas Geld was ab, um es diesem Nichtsnutz zuzustecken!“
Wann immer Marlene von Sylt zurückkehrte, wurde sie gefragt, ob Lissis Neffe sich etwa auf Opas Kosten in List den Bauch vollgeschlagen habe. Aber Marlene konnte jedes Mal guten Gewissens verneinen. Sie war diesem Eckehard niemals begegnet.
Auch in diesem Jahr hatte sie sämtliche Ermahnungen über sich ergehen lassen müssen und es auch diesmal geschafft, nichts darauf zu entgegnen. Drei Tage vor Heiligabend fuhr sie los und freute sich auf Schnüsch, Kenkentjüch, das friesische Weihnachtsgebäck, und auf lange Abende vor dem Kamin. Natürlich auch auf die Tote Tante, die Opa ihr zu kredenzen pflegte, sobald die Haushälterin schlafen gegangen war.
In Itzehoe gab es einen längeren Aufenthalt, weil dort die Lokomotive gewechselt wurde. Einige Fahrgäste zogen sich die Jacken über und sprangen auf den Bahnsteig, um sich Bewegung zu verschaffen, Marlene verzichtete jedoch drauf. Auch deshalb, weil ihr Handy zu läuten begann, kaum dass der Zug zum Stehen gekommen war. Tante Lissi war am anderen Ende der Leitung. „Deern, ich hoffe, du bist noch nicht losgefahren.“

„Ich habe einen Zug früher genommen, bin schon in Itzehoe."
„Ach, du lieber Himmel!" Tante Lissi hatte einen ihrer besten Seufzer ins Telefon gestöhnt. Marlenes Mutter behauptete oft, niemand könne so theatralisch seufzen wie Opas Haushälterin. „Dein Großvater ist so schiet zupass. Den ganzen Tag sitzt er bei Tante Meier. Er hat nicht mal Appetit auf Schnüsch. Und auf die Weihnachtsgans erst recht nicht."
Marlene war alarmiert. Wenn Opa schiet zupass war, hieß das auf Hochdeutsch, dass es ihm schlecht ging. Und Tante Meier war eine friesische Umschreibung für das stille Örtchen, auf das Opa sich zurückgezogen hatte. „Was Ernstes?", fragte sie besorgt.
Wieder seufzte Tante Lissi. „Der Arzt war gerade da. Er sagt, es sähe nicht gut aus."

Der scharfe Ecki hatte seinen Namen erhalten, als bekannt wurde, dass er mit Vorliebe bei Gosch die Sorte Bratheringe aß, die dort Scharfe Eddis genannt wurden. Da Ecki in jungen Jahren ein Sonnenanbeter und außerdem lange auf dem Bau beschäftigt gewesen war, hatte seine Haut tatsächlich eine gewisse Ähnlichkeit mit einem scharfen Eddi bekommen. Aber davon redete er ungern. Dass aus seinem Namen Ecke-

hard der scharfe Ecki geworden war, wollte er lieber anders erklärt haben. Aber leider sprach sich die wahre Assoziation überall schnell rum.
Er saß mit seinem Freund Jannes in dem kleinen Park gegenüber dem Rathaus, wo es ein paar Bänke unter einem Laubengang gab, der ein wenig vor dem eiskalten Wind schützte. Lieber hätten sie sich in der Nanu-Bar in der Strandstraße einen steifen Grog oder einen Pharisäer genehmigt, aber selbst wenn sie das Kleingeld, das sich in ihren Taschen gefunden hatte, zusammenlegten, reichte es weder für das eine noch das andere.
„Ich möchte wissen“, klagte Jannes, „warum wir unsere letzte Kohle in eine Busfahrt nach List investiert haben. Mit deiner Tante war ja in diesem Jahr nicht zu reden.“
„Konnte ich ahnen, dass der alte Sack, dem sie den Haushalt führt, ins Gras beißt?“ Der scharfe Ecki stand auf, wärmte seine Glieder mit ein paar Schritten und zeigte dann auf die Büste am Eingang des Parks. „Das ist übrigens Heinrich von Stephan. Wusstest du, dass er die Ansichtskarte erfunden hat?“
Jannes war an jeglicher Bildung höchst uninteressiert. „Geh mir weg mit deiner Klugscheißerei. Davon können wir uns nichts kaufen. Glaubst du, ich kann bei Annette unterkriechen, wenn ich kein Weihnachtsgeschenk für sie habe?“

Das war das Problem! Denn Ecki ging es nicht anders. Tante Lissi war eigentlich großzügig. Nicht nur, wenn es um die Kohle des alten Mannes ging, dem sie den Haushalt machte, auch, wenn es um ein warmes Bett ging und diverse gute Mahlzeiten. Aber Weihnachten war schon immer die große Ausnahme gewesen. Dann kam eine Verwandte zu Besuch, da durfte nichts geschehen, was die Angehörigen in ihrem Verdacht bestärkte, die Haushälterin habe etwas anderes im Sinn, als ihrem Arbeitgeber den Lebensabend zu versüßen. Dabei brauchte jeder Mensch gerade kurz vor Weihnachten Kohle! Mehr als sonst! Wer nicht in der Lage war, ein Weihnachtsgeschenk zu kaufen, verlor auch den Rest seiner sozialen Kontakte. Ecki genauso wie Jannes.
„Sonst hatte sie bis zum vierten Advent immer ein paar Hunderter abgezweigt“, klagte Ecki. „Aber woher sollte Tante Lissi wissen, was nun passiert? Möglich, dass sie erbt, vielleicht sogar alles, aber ...“
„Das wär's noch!“, fuhr Jannes dazwischen. „Dann hätten wir ausgesorgt.“
„... möglich aber auch“, fuhr Ecki fort, „dass nun die Angehörigen einfallen und Tante Lissis Haushaltsbuch genau unter die Lupe nehmen.“
„Dann gibt's nur noch eins“, meinte Jannes und nickte zur anderen Straßenseite hinüber. Dort protzte die

Sparkasse mit ihrem Neubau. Viel graues Metall, viel Glas und wenige rote Elemente, die den Kunden heiter stimmen sollten. Jannes gefielen sie nicht. Ecki auch nicht.
Jannes hatte die Gedanken seines Freundes im Nu erraten.
„Für so was brauchen wir eine Knarre", sagte er.
Diesmal nickte Ecki in die Strandstraße, wo es auf der rechten Seite, hinter dem Hotel Stadt Hamburg, einen Spielzeugladen gab. „Wer in die Mündung einer Waffe guckt", behauptete er, „macht sich keine Gedanken darüber, ob es sich um eine Spielzeugpistole oder eine Smith & Wesson handelt. Und selbst wenn dem Kassierer ein Verdacht kommt ... so sicher ist der sich nie, dass er die Hände unten lässt und den Alarm auslöst."

Marlene hatte sich Tante Lissis Fahrrad geliehen und war zum Fährhafen geradelt. Sie musste raus, brauchte frische Luft, wollte den Wind in den Haaren und auf der Haut spüren. Eiskalt! So war er genau richtig, wenn er aus lodernder Verzweiflung eine Trauer machen sollte, in der irgendwann die schönen Erinnerungen die Oberhand gewannen.
Sie fuhr auf den Parkplatz, der das Erlebniszentrum der Naturgewalten mit dem Fährhafen und der „nörd-

lichsten Fischbude Deutschlands" verband und während der Weihnachtsfeiertage erstaunlich voll war. Die Weihnachtsflüchtlinge! In guten Restaurants bestellten sie sich die Festmenüs, von denen sie zu Hause nichts wissen wollten, und in der Alten Bootshalle sangen sie Weihnachtslieder, die sie vor Antritt ihrer Syltreise Kitsch genannt hätten und über die sie nach ihrer Rückkehr lachen würden.

Marlene überquerte den großen Platz, hörte den Akkordeonspieler, der im Sommer zwischen den Tischen herumging und zu den Fischgerichten die passenden Seemannslieder servierte. Nun spielte er in der Alten Bootshalle „O du fröhliche". Und nur diejenigen verzichteten aufs Mitsingen, die den Mund voll hatten.

Marlene ging bis zum Fähranleger, wo es menschenleer war, und hockte sich auf die braun gestrichene Bank auf der Rückseite des roten Backsteingebäudes. Die „Lister Rentnerbank", die Opa immer so gut gefallen hatte. Kaum saß sie dort, wurde sie ruhiger. Während sie die Erinnerung an Opa genoss, konnte sie sogar vergessen, was sie zu hören bekommen hatte, als sie die Angehörigen von Opas Tod verständigt hatte.

„Pass bloß auf die Haushälterin auf! Die schafft was beiseite, bis wir als rechtmäßige Erben auftauchen.

Oder ihr sauberer Neffe! Ehe Opa unter der Erde liegt, ist das halbe Haus ausgeräumt. Und wenn wir kommen, heißt es, Opa hatte zu Lebzeiten alles verschenkt." Marlene wollte davon nichts hören. „Tante Lissi meint es doch nur gut."

„Bleib in List, bis wir kommen", hatte ihr Onkel verlangt. „Und schau der Haushalterin auf die Finger!"

Aber Marlene hatte sich geweigert. Nein, für diese Aufgabe wollte sie sich nicht hergeben. Tante Lissi meinte es gut, das wusste sie genau. Marlene vertraute ihr, wenn sie auch die Einzige der Familie war. Sie würde wieder heimfahren, gleich morgen, einen Tag vor Heiligabend. Weihnachten auf Sylt ohne Opa? Nein, das würde sie nicht ertragen. Neben Tante Lissi weinend vor dem Weihnachtsbaum sitzen? Ausgeschlossen! Opas Haushälterin würde bei Nachbarn unterkommen und Marlene in ihrer Studentenbude allein und mit der Erinnerung an Opa Weihnachten feiern.

„Dir steht was von Opas Erbe zu", hatte ihre Mutter ins Telefon gerufen. „Nimm mit, was du tragen kannst!"

Aber auch da hatte Marlene sich geweigert. Obwohl ... eine Erinnerung an Opa wünschte sie sich durchaus. Vielleicht eine seiner alten Uhren, die er gesammelt hatte? Die würde sie am Handgelenk tragen, in Ehren halten und somit Opa immer bei sich haben. Das wäre schön. Aber als sie wieder in Opas Häuschen ankam, brachte sie es nicht fertig, Tante Lissi darum zu bitten. Und als sie sich verabschiedete und Opas Haushälterin herzlich umarmte, wusste sie, dass es gar nicht nötig gewesen war.

„Ich habe dir was in deine Reisetasche gepackt", sagte Tante Lissi und wischte sich über die Augen. „Dein Großvater hätte gewollt, dass du es bekommst."

Marlene stieg in den Bus, der sie von List nach Westerland bringen sollte, und winkte zu Tante Lissi zurück, bis sie nicht mehr zu sehen war. Während sie die Wanderdünen rechts liegen ließen, dachte sie an ihre Mutter, von der sie ermuntert worden war zu verlangen, was ihr angeblich zustand. „Wer nichts verlangt, bekommt auch nichts."

Ihre Mutter täuschte sich. Marlene hätte sich viel weniger über das gefreut, was Tante Lissi ihr in die Tasche gesteckt hatte, wenn sie es verlangt hätte. Heute Abend, wenn sie zu Hause angekommen war, würde sie eine Kerze anzünden, das Geschenk aus der Tasche holen und ganz fest an Opa denken, während sie es auspackte. Zwar musste sie, während der Bus durch Kampen fuhr, ihre Neugier niederkämpfen, aber es gelang ihr. Nein, Opas Erbe brauchte einen feierlichen Moment.

Tatsächlich klappte alles reibungslos. Der Kassierer dachte nicht im Traum daran, den Alarmknopf zu drücken, sondern händigte ihnen aus, was sie haben wollten.

Kunden waren keine in der Sparkasse gewesen, sie hatten den richtigen Moment abgepasst. Und die Idee, den Kassierer mit seinen beiden Kolleginnen ins Damenklo einzusperren, war auch super gewesen. Als der erste Polizeiwagen durch die City von Westerland jagte, hatten Jannes und der scharfe Ecki sich schon ihrer Strumpfmasken entledigt, den Batzen Geld in eine unauffällige Plastiktüte gesteckt und hielten sich gegenseitig davon ab, wie zwei flüchtige Bankräuber Richtung Bahnhof zu hetzen.

„Ruhig, ganz ruhig“, sagte Ecki immer wieder, wenn Jannes sich nervös umsah. „Bloß nicht auffallen!“

Sie benutzten den Fußgängerüberweg am Kaufhaus Jensen und brachten es fertig, vor dem Buchladen Becher stehen zu bleiben und sich dort unauffällig umzublicken. Folgte ihnen jemand? Nein, es gab nichts im Straßenbild, was ihre Besorgnis erregte.

„Jetzt muss nur noch der Zug pünktlich sein“, flüsterte Jannes. „Dann fahren wir schon über den Hindenburgdamm, wenn auf der Insel die Suche nach den beiden Bankräubern beginnt.“

Der scharfe Ecki wagte sogar ein kleines Grinsen. „Und morgen kommen wir zurück, mit einem Sack voller Geschenke. Und dann wird Weihnachten gefeiert."
Als sie an den grünen Reisenden Riesen im Wind vorbeigingen und auf den Eingang des alten dunklen Bahnhofsgebäudes zusteuerten, fühlten sie sich bereits sicher. Die Polizei würde die ganze Insel durchkämmen, aber nicht auf die Idee kommen, dass die beiden draufgängerischen Bankräuber sich ganz cool in den Zug setzten und gemütlich durchs Watt kutschieren ließen.
Doch wenn sie bis dahin ihren Plan für genial gehalten hatten, so wurden sie kurz darauf eines Besseren belehrt. Den Reisenden, die auf dem Bahnsteig von einem Bein aufs andere traten, war es anzusehen: Der Zug hatte Verspätung.
„Verdammter Mist!", fluchte Jannes leise. „Wir müssen von der Insel runter."
„Schnauze!", zischte der scharfe Ecki. Und als er den Streifenwagen vor dem Bahnhof vorfahren sah, noch einmal: „Schnauze!"
Tatsachlich sah Jannes nun davon ab, sich seine Angst laut und deutlich von der Seele zu schimpfen, aber er blickte den beiden Polizisten, die aus dem Streifenwagen kletterten, derart panisch entgegen, dass auch dem dümmsten Ordnungshüter, der bis dahin nur Laden-

diebstahle an der Kurpromenade aufgeklärt hatte, ein böser Verdacht kommen musste.
Ecki stieß seinen Kumpel unauffällig in die Seite. „Wir gehen in den Bahnhofskiosk und schauen uns nach Reiselektüre um“, sagte er und schob Jannes vor sich her. Um ihm zu zeigen, wie cool sich ein versierter Bankräuber zu benehmen hatte, schaukelte er die Plastiktüte mit der Beute hin und her, als enthielte sie nur Schmutzwäsche oder ein paar Sylt-Andenken.
Der Laden, der Zeitschriften, Souvenirs, Bücher und Sylt-Literatur führte, war nicht nur von der Bahnhofshalle zu betreten, sondern auch vom Bahnsteig. „Wir schauen uns jetzt ein bisschen bei den Zeitschriften um“, sagte der scharfe Ecki. „Und vorsichtshalber versteckst du deine Visage dabei.“
„Wieso?“, jammerte Jannes. „Der Kassierer hat unsere Gesichter doch gar nicht gesehen.“
„Sicher ist sicher!“ Ecki schob Jannes durch die Tür und dachte nicht mehr daran, die Plastiktüte sorglos zu schwenken.
Sie waren nicht die Einzigen, die die verzögerte Abfahrt des Zuges nutzten, indem sie nach Reiselektüre Ausschau hielten. An dem Tisch mit den Sylt-Krimis war viel los, und der scharfe Ecki kam zu dem Schluss, dass der Einzelne im Gedränge weniger auffiel als dort, wo

er allein war. Er schob sich also neben ein junges Mädchen, das in einem Buch blätterte. Ihre Reisetasche hatte sie auf den Boden gestellt. Mit offenem Reißverschluss! Hätte Ecki nicht gerade Probleme genug, wäre er dieser Einladung garantiert gefolgt. Wie leichtsinnig manche Leute waren! Eine kleine Rempelei, ein Stolpern, ein Bücken zum Schnürsenkel, und schon hätte die Geldbörse, die Ecki gut erkennen konnte, den Besitzer gewechselt. Aber er bezähmte sich. Nein, man durfte das Glück nicht herausfordern.

Jannes' Blick wurde plötzlich starr, der Sylt-Kalender, den er in der Hand hielt, begann zu zittern. Der scharfe Ecki wusste sofort, was Sache war. Auf dem Bahnsteig gingen zwei Polizisten von einem männlichen Reisenden zum anderen, und dort, wo zwei zusammenstanden, ließen sie sich den Inhalt des Reisegepäcks zeigen. Verdammt, sie rechneten damit, dass die Bankräuber den nächsten Zug zur Flucht aufs Festland nahmen!

Ecki ließ die beiden Beamten nicht aus dem Auge. Vielleicht würden sie sich gleich in den Streifenwagen setzen und woanders ihre Suche nach den Bankräubern fortsetzen.

Aber er hoffte vergeblich. Alle männlichen Reisenden waren angesprochen worden, sogar diejenigen, die in weiblicher Begleitung waren. Nun kamen die Beam-

ten auf den Eingang des Zeitungskiosks zu. Auch hier würden sie sich an alle Männer wenden. Was tun?
Die rettende Idee kam Ecki, als sich die beiden Hälften der automatisch öffnenden Tür bereits trennten. Blitzartig ließ er die Plastiktüte in die Reisetasche der jungen Frau fallen. Dann zog er den Reißverschluss zu und tadelte lächelnd: „Man sollte sein Gepäck verschlossen halten. Taschendiebe sind überall."
Die junge Frau bedankte sich, dann traten die beiden Polizisten auf Ecki und Jannes zu. „Ihr Gepäck?"
Ecki antwortete, ohne mit der Wimper zu zucken: „Wir haben keins. War ja nur ein Tagesausflug nach Sylt. Herrlich, die Weihnachtsbeleuchtung auf der Friedrichstraße!"
Der ältere der beiden Beamten schien Erfahrung mit den Gesichtern von Galgenvögeln zu haben. „Sind Sie mit einer Leibesvisitation einverstanden? Wenn nicht, müsste ich Sie bitten, mit mir ins Revier zu kommen."
„Selbstverständlich!", rief Ecki und breitete die Arme aus, um sich abtasten zu lassen.
Jannes verhielt sich genauso entgegenkommend, und ein paar Minuten später galten sie als untadelige Zeitgenossen. Die Polizisten waren sogar so freundlich, ihnen zu erklären, warum sie zu diesen Maßnahmen gezwungen waren. „Ein Raubüberfall auf die Sparkasse

Westerland – zwei Männer. Da werden Sie verstehen …"
Jannes und der scharfe Ecki verstanden vollkommen. Sie waren diejenigen, die am lautesten die Schlechtigkeit der Welt beklagten, und Jannes ließ sich sogar dazu hinreißen, die Todesstrafe für Bankräuber zu fordern.
Dann fuhr der Zug ein, und Jannes und Ecki drängten sich mit allen anderen Fahrgästen zu den Wagen der zweiten Klasse. „Wir dürfen sie nicht aus den Augen verlieren", flüsterte der scharfe Ecki. „Ich lenke sie ab, und du klaust ihr dann dic Tasche."
„Und wenn sie Zeter und Mordio schreit?"
„Wir machen es kurz vor dem nächsten Halt. Bis sie was merkt, sind wir mit ihrer Tasche schon aus dem Zug und weg."

Marlene gab nun besonders gut auf ihre Tasche acht. Der nette Herr im Zeitungskiosk hatte recht gehabt. Es war leichtsinnig, den Reißverschluss der Tasche geöffnet zu lassen. Schließlich gab es darin etwas, was ihrem Opa gehört hatte und ihm sehr wichtig gewesen war.
Sie setzte die Tasche auf ihre Knie und umschlang sie mit beiden Armen. Es war ihr, als hielte sie Opa ein letztes Mal im Arm. Kein einziges Mal stellte sie die

Tasche zur Seite. Opa festhalten! So lange, bis sie seinen Tod verstanden und akzeptiert hatte, so lange, bis sie in Händen hielt, was er ihr hinterlassen hatte.
Leider konnte sie während der Rückfahrt nicht in Ruhe an Opa denken. Ein ständiges Hin und Her war um sie herum. Sie wurde oft gestört. Im Gang stolperte ein Mann und hielt sich ausgerechnet an ihrer Tasche fest, die beinahe zu Boden gefallen wäre, wenn Marlene nicht so gut auf sie achtgegeben hatte. Als sie die Tasche kurz vor Niebüll für einen Augenblick neben ihre Füße stellte, um sich die Nase zu putzen, griff jemand danach, der sie angeblich mit seiner eigenen Reisetasche verwechselt hatte. Auf dem Weg zur Zugtoilette riss dann der Riemen ihrer Tasche, der sogar so aussah, als wäre er durchgeschnitten worden. Und der Mann, der sich anbot, die Sache zu reparieren, lief so schnell mit der Tasche davon, dass sie Mühe hatte nachzukommen. Doch sie war flotter auf den Beinen, verlangte die Tasche zurück und verzichtete auf die Reparatur. Beim Umsteigen wurde sie dann sogar von hinten angerempelt, sodass sie strauchelte und ihr die Tasche entglitt. Aber zum Glück war der Zugführer sofort zur Stelle, der ihr die Tasche zurückgab, ehe ein Mann sie ergreifen und mit ihr flüchten konnte.

Marlene war froh, als sie heile zu Hause angekommen war und der Inhalt ihrer Tasche keinen Schaden genommen hatte. Es war kalt in ihrer Wohnung. Sie drehte alle Heizungen auf, machte sich außerdem einen Glühwein, holte eine Tafel Schokolade aus dem Schrank, zündete eine Kerze an und setzte sich dann gemütlich ins Wohnzimmer. Genau in den Sessel, von dem aus sie das gerahmte Foto ihres Großvaters im Blick hatte.
Eine halbe Stunde später rief sie ihre Eltern und auch alle anderen Anverwandten an und forderte sie auf, sich bei Tante Lissi zu entschuldigen. Nun mussten es alle einsehen. Opas Haushalterin meinte es wirklich nur gut.

Am zweiten Feiertag saßen sie im Kliffkieker von Weningstedt und starrten aufs Meer hinaus.
„Scheißweihnachten", sagte Jannes. „Annette hat mir den Laufpass gegeben."
„Sieh es positiv", meinte der scharfe Ecki. „Immerhin sucht die Polizei die beiden Bankräuber bis heute vergeblich."
„Was hat dieses Mädchen wohl mit der Kohle gemacht?", fragte Jannes.
„Wahrscheinlich in Schuhe investiert."
„Oder zur Polizei gebracht?"

„Nur, wenn sie komplett dämlich ist“, maulte der scharfe Ecki.
„Verdammt! Zu blöde aber auch, dass wir türmen mussten, als der Zugführer misstrauisch wurde.“
Jannes nickte deprimiert. „Und dass wir sie dann aus den Augen verloren haben …“
Der Geschäftsführer des Kliffkiekers hatte sich entschlossen, für die Weihnachtsgäste, die Trübsal bliesen, einen Fernseher aufzustellen. Irgendein Regionalprogramm lief, mit Kinderchören, bärtigen Männern, die von Weihnachtserlebnissen aus ihrer Kindheit erzählten, und schönen Frauen, die für die Moderation zuständig waren und mit überschlagender Stimme von einer Begeisterung zur anderen taumelten. „Und nun das rührendste Weihnachtswunder dieses Jahres!“
Ecki stieß seinen Kumpel an und nickte zum Fernseher. Sein Mund stand offen, er war so aufgeregt, dass er beinahe sein Bier umgekippt hatte. „Sieh dir das an! Kennen wir die nicht?“
„Marlene!“, jubelte die Moderatorin. „Erzählen Sie von dem Wunder, das Ihnen widerfahren ist!“
Die junge Frau schaute verlegen in die Kamera, und als sie vom Tod ihres Großvaters erzählte, wurden ihre Augen feucht. Dass ihr Opa sie geliebt hatte, das habe sie gewusst, erzählte sie. Dass sie seine wertvollste Uhr

bekommen habe, sei keine große Überraschung gewesen, aber dass er für sie ein Vermögen zusammengetragen hatte, davon habe sie keine Ahnung gehabt. „Er muss es sich vom Munde abgespart haben.“
Nun hielt sie einen symbolischen Scheck in die Kamera. „Eine halbe Million! Ich möchte sie nicht für mich behalten, sondern der Sylter Tafel spenden. Mein Opa hatte immer ein Herz für Menschen, denen es nicht so gut ging wie ihm.“
Die Moderatorin wies sie dezent darauf hin, dass sie das Geld auch hätte behalten können. Aber die junge Frau schüttelte den Kopf. „Ich glaube nicht, dass Geld glücklich macht.“
Zwei Minuten später wurden Jannes und der scharfe Ecki an die Luft gesetzt. Der Wirt des Kliffkiekers hatte ja während der Weihnachtstage schon viel Frust erlebt, aber dass jemand seine Weihnachtserinnerungen verarbeitete, indem er das Mobiliar einer Gaststätte zerschlug, das war ihm wirklich noch nie vorgekommen.

Tatjana Kruse

Weihnachtswünsche werden wahr!

„Hände hoch und keine Bewegung!"
Man denkt ja schon hin und wieder, wenn man so in einer Bank in der Schlange vor dem Schalter steht und nichts weiter zu tun hat, als eben anzustehen und zu warten, also dann denkt man, was wäre, wenn jetzt ein Banküberfall stattfände? Aber wer rechnet schon damit, tatsachlich in einen Banküberfall zu geraten? Niemand!
Und wenn doch, dann sicher nicht in der Genossenschaftsbank Rosengarten-Uttenhofen. Und noch viel sicherer nicht in einen Banküberfall, den der Weihnachtsmann mit seinem Weihnachtselfen durchführt. Und zwar knallhart, wenn ich das sagen darf.
„Auf den Boden und keine Bewegung! Wer auch nur mit dem Augenlid zuckt, wird erschossen, klar?"
Klar.
Oma Röttke und Filialleiter Böcking und ich – hier in Rosengarten-Uttenhofen kennt man sich noch mit Namen – lassen uns in einer mehr oder weniger fließenden Bewegung zu Boden gleiten. Wie beim Syn-

chronschwimmen, nur ohne Wasser. Wobei ich einen Tick schneller bin als die anderen. Kein Wunder, die Röttke ist uralt und der Böcking adipös.
„Und keinen Mucks. Ich will, dass hier absolute Stille herrscht, verstanden?“, ruft der schmächtig gebaute Elf mit einer vom Rauchen krächzigen Fistelstimme.
Oma Röttke, Böcking und ich haben ihn verstanden, George Michael aber nicht, der schmettert weiterhin *Last Christmas I gave you my heart* aus der Box über dem Kassenschalter. Als er gleich darauf zu *the very next day you gave it away* kommt, ballert der Elf die Box von der Wand. Na ja, er ballert daneben, George trällert weiter, aber dann schlägt der Elf mit dem Lauf seiner Knarre fest gegen die Box, die aus der Halterung fliegt und beim Aufprall auf dem Boden freiwillig in Klein- und Kleinstteile zerbirst.
Kurzes elektrisches Knistern.
Stille.
Diese Art von Gewalttätigkeit kennt man eigentlich nur aus Amerika. Bei uns in der süddeutschen Provinz ist das unerhört. Hierzulande sollte der Weihnachtsmann eigentlich auch mit dem Christkind unterwegs sein, nicht mit einem grünwamsigen, rot bestrumpften Zipfelmützenelfen mit Nikotinflecken an den Fingern und Mordlust in den tückischen Elfenaugen.

„Wenn ich euch auch nur atmen höre, knall ich euch ab!“, droht der Elf.
„Äh …“, meldet sich Filialleiter Böcking aus der Tiefergelegten.
Mutig, der Mann.
Der Elf hält ihm die Waffe an den Kopf. Jetzt kenne ich mich mit Waffen nicht wirklich gut aus, aber die hier hat ja schon bewiesen, dass sie mächtig Wumms hat. Werde ich mir gleich die Überreste von Böckings Schädel aus den frisch getönten Haaren zupfen müssen?
„Was hab ich gerade gesagt?“, kreischt der Elf.
Böcking verstummt.
Ich bin mir ziemlich sicher, dass er sagen wollte, dass heute Dienstag ist und dass sich dienstags so gut wie kein Geld in der Bank befindet. Es ist ja ohnehin nie viel Bargeld da, aber dienstags eben nicht mal die Marktgelder der Bauern und zu dieser Uhrzeit auch noch nicht die mageren Tageseinnahmen der insgesamt drei Läden in unserem Dorf – Bäckerei Hauff, der Tante-Emma-Laden von Ehepaar Holtkötter sowie *Blumen und mehr* der Schwestern Stadlmayr. Kurzum, kein Geld. Es gibt auch keine Schließfächer. In der Filiale der Genossenschaftsbank Rosengarten-Uttenhofen ist das Wertvollste an diesem Morgen die vergoldete Uhr des Filialleiters.

Der Weihnachtsmann, ein feister Geselle in traditionellem Rot, der über seinen extrem bauschigen, falschen Rauschebart hinweg vermutlich kaum etwas sehen kann, vernagelt die Tür. Dann geht er zum Fenster, öffnet es, brüllt: „Obacht!“, hebt seine Waffe und feuert wie wild aus dem Maschinengewehr ins Freie. Es rattert und knattert wie in einem Kriegsfilm von Steven Spielberg.

Geschrei, Autohupen, das knirschende Geräusch von Metall auf Metall, noch mehr Geschrei. Diverse Alarmanlagen gehen los.

„Oh weh, oh weh“, jammert Oma Röttke.

Böcking bekommt Schluckauf.

„Ruhe!“, kreischt der Elf.

Ich mache mir nicht wirklich Sorgen um die da draußen – ich war ja gerade eben selbst noch eine von denen, und auf der Straße hatte ich außer dem herumlungernden Weihnachtsmann mit seinem Elfen und dem alten Bode vom Bode-Hof, der gerade in seinen Ford Fiesta mit Wackeldackel im Fond steigen wollte, niemand gesehen.

Um den alten Bode ist's nicht schade, der ist a) echt schon uralt und hat b) letzte Woche bei der Abstimmung über die Westumgehung als Einziger mit Nein gestimmt. Der betreibt auch noch heimlich Käfighaltung.

Und sollte ein zufällig durch Rosengarten-Uttenhofen fahrender Fremder seinen Wagen im Kugelhagel zu Schrott gefahren haben, dann wäre das doch ein wunderbares Argument für die Umgehungsstraße, oder nicht?

Jedenfalls liegen Oma Röttke, Böcking und ich nach der Maschinengewehrsalve wie tot auf dem Boden – wir rühren uns nicht, wir atmen nicht, und dass wir noch leben, erkennt man allenfalls am sich ausbreitenden Angstschweiß in den Achselhöhlen.

„Banküberfall", brüllt der Weihnachtsmann aus dem Fenster. Und für den Fall, dass es jemand nicht verstanden haben konnte, wiederholt er: „Banküberfall!"

Ich wundere mich über diesen Hang zur Publicity, der muss doch eher auf Privatsphäre bedacht sein, denke ich, sage es aber nicht, sondern komme zu dem Schluss, dass sich die Zeiten eben geändert haben. Womöglich postet er den Überfall gleich als Status-Update bei Facebook und Twitter. Mit Foto.

„Du da", fistelt der Elf und tritt Herrn Böcking mit dem bestrumpften Fuß heftig in die Leibesmitte. „Mach den Tresor auf."

Ein bösartiges Kerlchen.

Gott sei Dank ist Böckings Leibesmitte enorm umfangreich, und empfindliche Teile scheinen durch den Tritt

nicht beschädigt worden zu sein.
Böcking erhebt sich schnaufend und klopft sich den Staub vom anthrazitgrauen Modehaus Röther-Anzug.
Ja, das fällt mir jetzt im Liegen auch sehr deutlich auf. Es hat Staubmäuse in der Filiale. Wer putzt hier eigentlich? Wird hier überhaupt geputzt? Fange ich mir möglicherweise eklige Bakterien ein, wenn ich hier so liege? Ich atme flacher.
In Höhe des weihnachtlich geschmückten Gummibaums zwischen Kassentheke und Tresorraum bleibt Böcking stehen.
Er zögert.
Will er jetzt etwa den Helden spielen? Ich nicke ihm auffordernd zu. Da knallt schon wieder ein Schuss. Der Abzugfinger des Elfen sitzt extrem locker.
„Oh, Gott!“, entfährt es Oma Röttke.
„Ruhe!“, brüllt der Elf.
Ich linse zu meinen Mitgefangenen, aber niemand scheint verletzt.
Nur Böcking hat sich die Hose eingenässt. Diskret wende ich meinen Blick wieder hinunter zum Staubmausrudel.
„Ich sagte, mach mir den Tresor auf.“ Der Elf versetzt Böcking einen Tritt.
Draußen hört man Polizeisirenen.

„Ogottogott“, jammert Oma Röttke leise. Die Frau weiß, dass wir zu Geiseln werden, sollten die Bullen eintreffen, bevor die Bankräuber verschwinden konnten. Und Geiseln erleiden mehrheitlich immer dasselbe Schicksal: Sie enden als blutige Fleischhaufen.
Komisch, dass man sich als alter Mensch noch so ans Leben klammert. Ist der Lack erst mal ab, ist doch das Beste vorbei. Wenn hier einer Grund zur Sorge hat, dann doch wohl ich. Die Röttke muss weit über achtzig sein, ich dagegen hatte mir noch ein bisschen Spaß erhofft.
Der Moment, in dem der Elf Böcking aus dem Tresorraum schubst und dem Weihnachtsmann „He, da waren satte fünfhundert Schleifen drin“ zuruft, ist zufällig auch der Moment, in dem zwei Streifenwagen mit quietschenden Reifen vor der Filiale zum Stehen kommen.
Das kann ich natürlich nicht sehen, das entnehme ich dem Liveticker aus dem Mund des Weihnachtsmannes. „Schau her, gleich mit zwei Bullenschaukeln. Hui, die Waffen im Anschlag. Ah, da kommen sogar noch mehr. Das nenne ich Entertainment!“ Er zieht sich vom Fenster zurück. Erst ruft er aber noch: „Keinen Schritt näher, sonst knallen wir die Geiseln ab.“
Der Elf tritt Böcking in die Kniekehlen, der daraufhin zu Boden geht.

So, wie er zum Liegen kommt, befindet sich mein Kopf in Höhe seiner Lenden, und ich weiß nicht, ob ich es schon erwähnt habe, aber seine Lenden riechen nach Urin. Möglichst unauffällig versuche ich, von ihm wegzurobben.
Da klingelt das Telefon.
Das kennt man nun ja zur Genüge: Die Polizei ruft an, um zu verhandeln. Und um Zeit zu schinden, bis ein Sondereinsatzkommando die Filiale stürmt. Wie damals die GSG 9 in Mogadischu die *Landshut* stürmte. Seinerzeit hatte es kurz zuvor Kapitän Schumann erwischt. Würde diesmal Böcking dran glauben müssen? Ich sag's nicht gern, aber besser er als ich.
Weil der Weihnachtsmann und der Elf dadurch abgelenkt sind, merken sie nicht, wie ich millimeterweise immer näher an die Kaffeeecke heranrobbe.
„Die Show geht los", sagt der Elf.
„Bitte alles anschnallen", sagt der Weihnachtsmann.
Die beiden kichern.
Der Elf nimmt den Hörer ab. „Wer da?", fragt er lästerlich. Der Weihnachtsmann und er kichern noch etwas mehr.
Dann vergeht dem Elfen das Kichern. „Der kann jetzt nicht!", bellt er und knallt den Hörer auf die Gabel. „Blöde Schnepfe", schimpft er. Und: „Das war Ihre

Frau, ob Sie heute Abend pünktlich zum Essen kommen? Wohl eher nicht!", sagt er zu Böcking. Und rammt ihm erneut den Elfenschuh in die Seite. Völlig unnötig, aber der Elf muss seinen Frust wegtreten.
Der Weihnachtsmann zieht eine Schachtel Zigaretten aus seinem Sack und zündet sich eine Fluppe an.
Böckings Lippen bewegen sich. Bestimmt will er „Rauchen ist hier nicht erlaubt" sagen, aber er sagt es lautlos. Ist auch besser für ihn.
Da klingelt das Telefon erneut.
„Was ist?", brüllt der Elf in den Hörer.
Diesmal scheint es die Polizei zu sein. Der Elf zwinkert dem Weihnachtsmann zu.
Das Verhandeln geht los.
Ich robbe derweil immer weiter in Richtung Kaffeeecke. Nein, ich schlängele mich mehr, als dass ich robbe.
Böcking und die Röttke haben mit dem Leben offenbar abgeschlossen – er hat die Augen verdreht, als ob er gerade wieder in seine Anzughose strullert, sie starrt blinzellos zur gläsernen Eingangstür. Weil sie so überhaupt gar nicht blinzelt, gehe ich mal davon aus, dass sie einen Schlag erlitten hat und dem irdischen Jammertal entrissen ist.
Ich schlängelrobbe weiter.

Vorhin, kurz bevor der Weihnachtsmann und sein Elf angefangen haben, *Stirb langsam – Teil III* nachzuspielen, hat der Wasserkocher *pling* gemacht…

„Wir wollen einen Hubschrauber", verlangt der Elf. Nach kurzem Schweigen nölt er: „Ist mir doch egal, ob der hier nicht gut landen kann. Hubschrauber oder die erste Geisel stirbt!"

Er knallt den Hörer auf die Gabel.

„Du hättest ihm eine Uhrzeit nennen sollen, bis wann wir den Hubschrauber wollen", kritisiert der Weihnachtsmann.

Nicht jeder kommt mit unverlangt vorgebrachter Kritik gut zurecht.

„Ach, halt doch die Klappe", mosert folglich der Elf und feuert eine Runde aus seiner Knarre ab. Ich erwarte, dass mir der Putz wie Schnee von oben in den Nacken rieselt, aber nichts.

Zumindest ist Oma Röttke vor Schreck zusammengefahren.

Sie lebt also noch.

Ich habe es in der Zwischenzeit geschafft und liege in der Kaffeeecke. Das war nicht wirklich eine Leistung, denn wir sprechen hier von der Filiale der Genossenschaftsbank in Rosengarten-Uttenhofen, und deren räumliche Ausmaße sind, sagen wir mal, überschau-

bar. Im Grunde ist sie mit uns fünf schon überfüllt.
Das Telefon klingelt erneut.
Der Elf reißt das Kabel aus der Wand und schleudert das Telefon mit Schmackes – zack! – durch die geschlossene Fensterscheibe.
„Hubschrauber her oder die erste Geisel stirbt!“, schreit er und duckt sich, falls die da draußen das Feuer eröffnen.
Was sie aber nicht tun.
Weil er nun aber so geduckt kauert, merkt er, dass die weihnachtskrippentypische Dreierformation – Jesuskind, Maria und Josef beziehungsweise Ochse, Esel und Schaf oder in unserem Fall Böcking, Röttke und ich – sich auseinanderdividiert hat. Mittig im Raum liegen nur noch der Filialleiter und die greise Kundin, und das junge Ding, will heißen: ich, befindet sich plötzlich in der Ecke neben der Tür.
Der Elf springt auf.
Er denkt wohl, ich will mich durch die Tür verabschieden. Aber da hat er falsch gedacht. Die Tür ist ja abgeschlossen, da komme ich nicht raus. Aber das Wasser im Wasserkocher ist siedend heiß.
Noch während sich der Elf aufrichtet und noch bevor er mit der Waffe auf mich zielen kann, bin ich schon auf Knien und habe die Kanne des Wasserkochers gepackt.

Ich rufe nicht erst lange: „Waffe weg, sonst schütte ich“, nein, ich schütte vorwarnungslos.
In die Weichteile.
Der Elf schreit erbärmlich.
Es riecht verbrutzelt.
„Um Gottes willen, lassen Sie doch Gnade walten“, ruft ein Bulle von draußen.
Weil ich von Beruf Sportlehrerin bin, hechte ich mich aus der knienden Haltung nach vorn und entreiße dem jämmerlich kreischenden Elfen die Waffe und wirbele nur Sekundenbruchteile später zum Weihnachtsmann herum.
„Mach ihn alle“, feuert mich Oma Röttke an.
Böcking presst sich die Hände auf die Ohren.
Der Weihnachtsmann zögert.
Ich zögere nicht.
Ich drücke ab.
Und verschieße alles, was noch in der Knarre drin ist.
„Jaaaaa“, gelle ich dabei und gerate regelrecht in Blutrausch.
Und well ich mich so in Ekstase gelle, finde ich es auch nur am Rande verwunderlich, dass der Weihnachtsmann nicht umfällt.
Da stürmt auch schon das Sondereinsatzkommando die Filiale.

Sehr schnuffige, durchtrainierte Jungs, wenn ich das so sagen darf. Ich freue mich, dass ich unter einem Mistelzweig stehe.

Platzpatronen.
Der Weihnachtsmann und sein Elf waren gewissermaßen unbewaffnet. Ihre Knarren sahen zwar verdammt lebensecht aus, waren es aber nicht.
Und warum nicht?
Die beiden waren nur die Ablenkung.
Während die Bullen die Bank stürmten – und mich übrigens für die Bankräuberin hielten, weil ich ja die Hand am Abzug hatte, und mich, bevor die Röttke und Filialleiter Böcking die Lage aufklären konnten, zu fünft unter dem Mistelzweig überwältigten, wobei ich mir zwei Rippen brach und mir diverse Blutergüsse und Prellungen einfing –, während dieses actiongeladenen Finales also wurde auf der anderen Straßenseite in aller Seelenruhe die Jugendstilvilla eines millionenschweren Konzernchefs leer geräumt, der dort seit einiger Zeit jedes Wochenende mit seiner Familie auf ländliche Idylle machte.
Wie sich später herausstellte, waren der Weihnachtsmann und der Elf, die beide ohnehin ausgedehnte Knastaufenthalte antreten mussten und nichts zu ver-

lieren hatten, extra für diese kleine Ablenkungsshow-einlage angeheuert worden. Sie konnten nicht sagen, von wem. So was läuft ja heute alles online.
Und weil ja vermeintlich wild geschossen wurde, nahm es auch niemand ernst, dass diverse Autoalarmanlagen und eben auch die Alarmanlage der Villa losheulten. Da hatten eben Querschläger eingeschlagen, dachte man.
Böcking wurde von den Medien zum Helden stilisiert und durfte fortan die doppelt so große Genossenschaftsbankfiliale in Kupferzell-Rublingen leiten.
Oma Röttke hatte dem Tod ins Auge gesehen und gemerkt, dass sie für einen Walzer mit dem Sensenmann noch lange nicht bereit war. Sie hob zum Ärger ihrer Erben ihre gesamten Ersparnisse ab und ging auf eine zwölfmonatige Kreuzschifffahrtweltreise.
Der Weihnachtsmann kam sofort und ohne Umwege in den Knast, der Elf kam erst mal ins Krankenhaus. Den hatte ich ordentlich verbrüht. Nachwuchs würde der so schnell nicht mehr zeugen können. Wäre aber ja ohnehin bestimmt krimineller Nachwuchs geworden, also ging der Welt nicht wirklich was verloren.
Der verbrühte Elf lag nur wenige Zimmer von mir und meinen gebrochenen Rippen entfernt. Allerdings polizeiüberwacht.

Im Gegensatz zu mir.
Auf mich achtete keiner mehr.
So war es ja auch geplant gewesen.
Von mir. Und meinem Verlobten Dennis.
Dennis räumte die – wie sich später herausstellte – finanziell sehr ergiebige Villa des Topmanagers leer, und ich orchestrierte derweil die Ablenkung in der Bankfiliale. Wir waren ein perfektes Team.
Und sind es noch.
Eine Weile werden wir uns noch bedeckt halten, dann eröffnen wir mit dem Geld auf Tahiti eine Strandbar.
Oder einen Irish Pub auf Hawaii.
Herrliche Aussichten!
Ach ja, Weihnachtswünsche werden wahr! Man muss nur daran glauben.
Und ein wenig nachhelfen …

Nicolas Remin

Ein Herz für Steffi

Sie sind kurz vor sechs von der Weihnachtsmesse im Markusdom gekommen, und laut Plan ist für ihre ganz private Weihnachtsfeier eine halbe Stunde vorgesehen. Der Göttergatte hat den Operationsplan in der Regimentskanzlei kopieren lassen. Es sind zwei Bogen mit vorschriftsmäßigem Heftrand, auf denen der Ablauf des Weihnachtsballes in akkurater Kanzleischrift minutiös festgehalten ist: wer an welcher Stelle des Saals eine kurze Ansprache hält, wann welche Musik gespielt und zu welchem Zeitpunkt das Buffet eröffnet wird. Dies alles auf die Minute genau. *Damit du im Bilde bist, Steffi.* Was bedeuten soll, dass der Göttergatte es so und nicht anders haben will.

Die private Bescherung war seine Idee, und natürlich handelt es sich dabei um eine Motivationsveranstaltung. Er braucht, des guten Eindrucks wegen, eine strahlende und liebevolle Gattin an seiner Seite. *Wir haben ja sonst den ganzen Abend nichts voneinander, Steffi.* Hat er tatsächlich gesagt. Gestern beim Abendessen. Und sie hat verschämt gelächelt und tatsächlich erwidert: *Rudolf, du bist so gut zu mir.* Das hat sie laut und deutlich gesagt. Denn erstens ist der Göttergatte seit der Schlacht von Solferino schwerhörig, und zweitens standen vor der Anrichte, nur ein paar Meter vom Speisetisch entfernt, Xaver und Alois, zwei Steiermarker, die bei Tisch servieren. Nur für den Fall, dass es später zu Zeugenbefragungen kommt.

Als sie pünktlich um halb sieben die Bibliothek betritt, brennen bereits die Kerzen, und der Weihnachtsbaum glänzt und strahlt, wie nur Weihnachtsbäume glänzen und strahlen können. Sie ist aus dem Ballsaal gekommen, während er den Raum über das Vestibül betreten hat. Er hat in der Bibliothek auf sie gewartet, denn er ist aus militärischen Gründen grundsätzlich immer fünf Minuten früher auf dem Schauplatz seiner Verabredungen. Dass die Bibliothek zwei Zugänge hat, wird ihr nachher nützlich sein. Sie wird den Ballsaal durch die Bibliothek verlassen und ihn knappe sechs Minuten später auf demselben Weg betreten. Sie schätzt, dass mindestens eine halbe Stunde vergehen wird, bis den Gästen etwas auffällt.

Der Weihnachtsbaum, mit preiswertem Pappschmuck behängt, ist eher klein, nicht einmal mannshoch, aber er passt zu einem Haushalt, dem der Kindersegen versagt geblieben ist. Um einen sentimentalen Duft zu erzeugen, hat der Gatte ein paar Tannennadeln in die Kerzenflamme gehalten. Jetzt duftet es weihnachtlich, und es fällt ihr nicht schwer, ein glückliches *Oh, Rudolf!* auszustoßen. Göttergatte Rudolf hat die Geschenke auf dem Gabentisch nicht rechtwinklig, Kante an Kante, sondern in kunstvoller Unordnung aufgebaut. Ein Gabentisch ist kein Kasernenhof, und er hat diesen Umstand berücksichtigt. Vermutlich, denkt sie, hat er sich zu diesem Punkt eine Notiz gemacht. *Locker anordnen!* Der Göttergatte wird den Erzherzog, die Erzherzogin und den alten Radetzky nachher aus dem Trubel des Ballsaals in die Bibliothek führen. Damit die sehen können, dass die Krippe, die in der *sala* aufgebaut ist, nur wegen der blöden Italiener dort steht. Und dass sich da, wo es eher privat zugeht, selbstverständlich ein Weihnachtsbaum findet. Glücklich strahlend geht sie langsam auf den Baum und den Gabentisch zu. Der Göttergatte hat ein weihnachtliches Lächeln aufgesetzt, und sie muss zugeben, dass er blendend aussieht. Die Galauniform eines Generalobersten steht ihm hervorragend. Der knappe Schnitt des Uniformrockes betont seine schlanke Figur, die goldenen Epauletten heben seine breiten, männlichen Schultern hervor. Und die Art, wie er sich jetzt galant verbeugt und dabei lässig einen militäri-

schen Gruß andeutet – das *hat* einfach etwas. Oder *hatte* etwas, bevor sie ihn näher kennenlernte.
Sie hat die Liste der für ihn zu besorgenden Geschenke sorgfältig abgearbeitet und erkennt diese jetzt auf dem Gabentisch wieder. Der Göttergatte hat sie bereits ausgepackt und ebenfalls unmilitärisch auf dem Tisch ausgebreitet. Es sind ausschließlich Artikel halbintimer Natur wie Halskragen, Krawatten, Sockenhalter und Bartbinden, und auf einmal begreift sie die Raffinesse dieses Arrangements. Die hohen Herrschaften, die er nachher in die Bibliothek lotsen wird, sollen daran erkennen, dass er nicht nur Generaloberst ist, sondern auch Mensch geblieben ist. Was für seine Versetzung in den Wiener Generalstab entscheidend sein könnte.
Die erste Schachtel ihrer Weihnachtsgeschenke enthält einen preiswerten Schal, die zweite ein preiswertes Paar Handschuhe. Die dritte Schachtel ist ein kleiner, aber schwerer Karton. Als sie den Deckel abhebt, erblickt sie, in einem Bett aus rotem Seidenpapier, eine Gondel aus Pressglas. Auf dem Bug steht in schwungvollen Buchstaben TRON, und sie erinnert sich daran, dass dieser Conte Tron, der ebenfalls auf der Gästeliste steht, auch etwas mit Glas zu tun hat. Dass ein Commissario der venezianischen Polizei ihren Weihnachts-

ball besuchen wird, begrüßt sie. Die Anwesenheit eines Polizeibeamten gibt ihrer Operation den letzten Schliff. Natürlich ist die Gondel nur die Verpackung. Das eigentliche Geschenk besteht in einem kleinen Samtbeutel, der eine Halskette aus preiswerten venezianischen Perlen enthält. Sie stößt einen entzückten Schrei aus. *Oh, Rudolf, das war doch nicht nötig!* Sie vermutet, dass er seine Ordonnanz mit dem Kauf der Perlen beauftragt hat. Eine vierte Schachtel gibt es nicht. Also ist das Herz nicht dabei. Nicht dass sie ernsthaft damit gerechnet hat, dass alles nur ein Missverständnis war. Das Herz und die Briefe hat sie vor ein paar Tagen in der Schublade seines Schreibtisches entdeckt. Auf der Suche nach dem Schlüssel für die Stutzuhr auf dem Kamin im Speisezimmer, den sie angeblich verschmissen hat, obwohl er derjenige ist, der in diesem Haus die Uhren wartet. Sie hat die Schublade aufgezogen, den Schlüssel nicht gefunden, aber die hellblauen, nach Frangipani duftenden Briefe, die sie ihm während ihrer Verlobungszeit geschrieben hat. Griffbereit in der Schublade. Und dann hat sie vor Rührung fast geweint, als sie das Kästchen, das neben den Briefen lag, geöffnet hat. Ein Kästchen mit einem brillantbesetzten goldenen Herzen, das er ihr am Weihnachtsabend noch vor dem Ball auf ihrer *ganz privaten* Bescherung schenken wird.

Was selbstverständlich nur heißen kann, dass es ihm leidtut, wie er sie behandelt hat. Speziell in den letzten sechs Monaten, in denen er ständig ins Hauptquartier nach Verona musste. Dass er es bereut, Kränkendes über ihre Figur geäußert zu haben, und dass er sie mehrmals Kuh genannt hat. Es konnte bedeuten, dass er einen Neuanfang will. Dies alles denkt sie, bis sie die Handschrift der Briefe nicht wiedererkennt und ihr Herz sich plötzlich mit Bleikugeln füllt.

Die Briefe, *poste restante* adressiert, sind dem Datum nach geordnet und legen den Schluss nahe, dass er der Nadolny auf dem Regimentsball im August nähergekommen ist. Der Schwester von Oberst Nadolny, seinem besten Freund, die seit dem Heldentod ihres Gatten – *Solferino* – bei ihrem Bruder in Verona lebt. Und die sich mit Datum vom sechsten November befriedigt darüber äußert, *dass er sich scheiden lassen will.* Das muss sie zweimal lesen, um es zu glauben. Sich scheiden lassen will. Wörtlich. Und ihm mit Datum vom zwanzigsten Dezember (also vier Tage zuvor) mitteilt, dass sie sich bereits *tierisch* – ebenfalls wörtlich – auf ihr Weihnachtsgeschenk freut. Und wie *himmlisch* sie den Einfall findet, sich nach dem Kaiserwalzer oben auf dem Altan zu treffen, wo die Übergabe des Geschenkes – seine zweite *private Bescherung* – offenbar stattfinden soll.

Der Palazzo Moro liegt in bester Wohnlage am Canal Grande/ Ecke Rio Malpaga, und der Altan ist dicht am Rand des Daches zum Rio Malpaga hin errichtet worden. Man erreicht ihn über eine kleine Holzstiege, die vom großen Treppenhaus abgeht, und natürlich ist der Blick von oben der reinste Wahnsinn, besonders an klaren Herbsttagen, wenn die Sicht bis zu den schneebedeckten *Prealpi* reicht. Die Nadolny und auch ihr Bruder – der Göttergatte hatte die beiden bei ihrem letzten Besuch auf das Dach geführt – waren entsprechend beeindruckt. Sie persönlich allerdings macht nur das Geländer jedes Mal nervös. Es ist an drei Seiten eindeutig morsch und an der Seite zum Rio Malpaga durch eine provisorisch aufgenagelte, dünne Latte ersetzt worden. Ihren fürsorglichen Hinweis darauf, dass jemand, der sich versehentlich dort anlehnt, unweigerlich im Rio Malpaga landet, hat der Göttergatte mit dem Satz abgebügelt: *Wer wird denn so idiotisch sein, sich an eine Latte zu lehnen?* Höchstens ein Zivilist. Womit er selbstverständlich sie gemeint hat. Die Nadolny hat dazu gegrinst.
Später wundert sie sich darüber, wie schnell ihre Wut auf die Nadolny verschwindet und sich vollständig auf den Gatten richtet. Und wie schnell sie darauf kommt, dass die Lösung, eine *militärische* Lösung, auf der

Hand liegt. Wahrend des Kaiserwalzers also. Den der Göttergatte garantiert auslassen wird, weil er grundsätzlich fünf Minuten vor der verabredeten Zeit erscheint. Den die Nadolny garantiert nicht auslassen wird, weil sie grundsätzlich nie einen Tanz auslässt. Da der Kaiserwalzer mit Tusch aus patriotischen Gründen einmal wiederholt wird, ergeben sich für die Durchführung der Operation knappe sechs Minuten.
Kurz nach acht Uhr treffen die ersten Gäste im Palazzo Moro ein, und eine Stunde später ist der Ballsaal bereits gerammelt voll. Kaiserliche Offiziere bilden das Hauptkontingent der Gäste: Linzer Dragoner, Innsbrucker Kaiserjäger, kroatische Jäger, Honved-Husaren plus ein paar Fähnriche vom Dragonerregiment Maria Isabella. Der Rest der Gäste besteht aus gehobenen einheimischen Beamten und ihren Ehegattinnen. Damit der Abend auch eine venezianische Note bekommt. Die leichte Überzahl der männlichen Ballgäste gibt der Versammlung einen Einschlag ins Casinomäßige, aber der Alkoholkonsum der Leutnants, Rittmeister, Obersten und Generäle hält sich in Grenzen. Überhaupt ist die Stimmung in der *sala* unkriegerisch-besinnlich. Weihnachtsfrieden liegt über der Versammlung, und auch das Wetter spielt mit. Gestern Nacht hat es geschneit, und jetzt glitzert der Schnee auf

den Fensterbrettern und den Dächern. Dass in Venedig zu Weihnachten Schnee liegt, kommt nicht oft vor. An diesen Abend wird man sich erinnern.

Kurz vor neun hält der Erzherzog eine Ansprache, und am Schluss bringen die Männer ein donnerndes Hoch! Auf den Kaiser aus, um sich anschließend mit ihren Damen auf die Tanzfläche zu begeben. Am kalten Buffet herrscht inzwischen ein gewisses Chaos. Der Kaviar ist ausgegangen, und seltsamerweise gibt es auch keine kleinen Löffel mehr. Aber aus langjähriger Erfahrung mit der Ausrichtung von Bällen weiß sie, dass solche kleinen Pannen normal sind. Gegen zehn hat es der Göttergatte geschafft, den Erzherzog und die Erzherzogin in die Bibliothek zu locken. Vor Weihnachtsbaum und Sockenhaltern gesteht er, dass er heute Abend vor allem Mensch und Christ ist. Wenn sie noch Bedenken hinsichtlich ihrer Operation hatte, dann sind sie jetzt verschwunden. Um halb elf merkt sie, wie ihre Hände feucht werden. Fünfundzwanzig Minuten später intoniert das Orchester den Kaiserwalzer, und ihre Hände werden noch feuchter. Dann sieht sie, wie sich die Nadolny mit einem Leutnant der Honved-Husaren auf die Tanzfläche begibt und der Göttergatte die *sala* verlässt. Jetzt hat sie knappe sechs Minuten. Als sie das Vestibül betritt und die Treppe zum Altan

ansteuert, stellt sie fest, dass sie sich albernerweise im Dreivierteltakt bewegt.
Gibt es Augenblicke im Leben eines Menschen, in denen alles das, was normalerweise konfus vor sich hin wuselt, sich gegenseitig in die Quere kommt und behindert, plötzlich am rechten Fleck ist? Augenblicke, in denen sich die Dinge fügen, als hätte ein Gott sie gelenkt? Augenblicke der Gnade? Ja, es gibt sie. Denn als sie den Altan betritt, sieht sie, dass der Göttergatte eine Position eingenommen hat, die gewissermaßen ihre ganz private Bescherung darstellt und die Operation ungeheuer vereinfacht. Der schwerhörige Göttergatte hat sich direkt vor der dünnen Latte postiert. Er hat beide Hände in den Taschen seines Uniformrocks versenkt, betrachtet den weihnachtlich gestirnten Himmel über ihm und summt etwas, das wie *Stille Nacht, heilige Nacht* klingt. Vermutlich ist der Stoß in den Rücken eine echte Überraschung für ihn. Er verliert das Gleichgewicht, kippt nach vorne und stößt, während er die Latte durchbricht, einen erstaunlich leisen Schrei aus. Im Sturz rudert er noch sportlich mit den Armen, dann hört sie den dumpfen Aufprall seines Körpers auf die Dachkante, von der er zweifellos abrutschen wird. Das Platschgeräusch, mit dem der Göttergatte im Rio Malpaga landet, wird von dem

Tusch des Orchesters und dem aufbrausenden Applaus übertönt. Wann sie seine Leiche aus dem Wasser ziehen werden, ist ihr egal. Allerdings ist sie jetzt mehr denn je scharf auf das Herz. Sie hat auch das Gefühl, dass sie es sich redlich verdient hat.

Als sie den Ballsaal wieder durch die Bibliothek betritt, verlässt die Nadolny gerade die *sala*. Zwei Walzer später ist sie zurück und tigert sichtlich nervös durch die Räume. Quer durch die *sala*, dann ins Rauchzimmer, danach in den Speisesaal und nach einem Abstecher ins Vestibül in die Bibliothek und wieder zurück. Sie bezweifelt, dass sich die Nadolny bei *ihr* erkundigen wird, wohin der Göttergatte verschwunden ist. Zum ersten Mal an diesem Abend ist sie heiter und entspannt. Sie ist so entspannt, dass sie sich über die matten Witze, die ihr der alte Feldmarschall Radetzky jetzt erzählt, regelrecht ausschütten kann. Und sie lacht so laut, dass ihre Gäste sich nach ihr umdrehen. Sollen sie ruhig. Es passt hervorragend in ihr Konzept. Sie löst sich von Radetzky, unternimmt einen hausfräulichen Kontrollgang durch die Räume, macht hier und da Honneurs und ist ganz die aufmerksame Gastgeberin. Am Buffet spricht der Commissario dem Zitronensorbet mit einer gewissen Haltlosigkeit zu, was die neben ihm stehende Fürstin von Montalcino offenbar zu einer spitzen Bemerkung veranlasst. Der Conte repliziert, sie antwortet ihm, und so geht es ein paarmal hin und her, bis die beiden in Lachen ausbrechen. Der Conte und die Fürstin leben in wilder Ehe. Das gefällt ihr, und sie spielt mit dem Gedanken, in Zukunft ebenfalls in wilder Ehe zu leben. Dann sieht sie, wie eine Ordonnanz an den Commissario herantritt, dieser plötzlich ernst wird, etwas zur Fürstin von Montalcino sagt und eilig das Speisezimmer verlässt. Schade. Dass ihn jetzt die Pflicht ruft, bedauert sie. Der Mann ist ihr sympathisch.

Zwei Polkas später – sie ist zurück im Ballsaal – tritt der Erzherzog, kalkig bis in die Lippen, an sie heran, um ihr zu sagen, dass *der Generalleutnant einen Unfall hatte.* Und fügt rätselhafterweise hinzu, dass *der Generalleutnant in eine Gondel gefallen ist.* Der Satz hat ein charmantes Lokalkolorit, aber trotzdem gefällt er ihr nicht. *In eine Gondel gefallen?* In eine Gondel, die gerade vorbeikam? Oder in eine Gondel, die im Rio Malpaga direkt unter dem Altan vertäut war? Was außerordentlich selten vorkommt und eigentlich nicht gestattet ist. Das würde bedeuten, dass die Gondel mit einer Plane abgedeckt gewesen ist, was wiederum heißen konnte, dass der Göttergatte den Sturz vom Dach womöglich …

Sie schließt die Augen und erwägt kurz, sich rückwärts fallen zu lassen und in voller Länge hinzuschlagen. Begnügt sich dann aber damit, einen Klagelaut auszustoßen und in den Knien einzuknicken. Das muss sie nicht einmal simulieren. Dann nimmt der Erzherzog sie sanft am Arm und führt sie durch ein Spalier von entsetzten Gesichtern aus der *sala*. Der Ball ist eindeutig im Eimer. Aber sie hat jetzt andere Probleme. Sie ist auf das Schlimmste gefasst.

Als sie aus dem *andron* ins Freie tritt, ist eine Gondel vor dem Wassertor vertäut – die Gondel, in die der Gatte gestürzt ist. Auf dem Steg hat der Commissario Lakaien mit Pechfackeln postiert, wodurch die ganze Szenerie deutlich, wenn auch etwas flackernd beleuchtet wird. Der Commissario teilt ihr mit, dass ihr Gatte den Ermittlungen zufolge vom Altan gefallen sei. Was er dort wollte, ist eine Frage, die sie nicht beantworten kann. Das Wort Ermittlungen löst einen nervösen Reflex in ihrem Gesicht aus, ein krampfartiges Zucken der Oberlippe, aber mimisch kann sie sich im Moment alles leisten. Und dann hat man – so der Commissario weiter – die Gondel mit dem Gatten erst mal vor das Wassertor des Palazzo Moro verfrachtet. Dort liegt er jetzt zu ihren Füßen und ist eindeutig tot. Die rote Plane, die über die Gondel gebreitet war, hat sich an beiden Seiten der Leiche zu einem kunstvollen Faltenwurf gestaut, und sie findet, dass der Göttergatte wie ein Weihnachtsgeschenk in einem gondelförmigen Karton aussieht. Sein Hals ist in einem unnatürlichen Winkel nach hinten gebogen, denn er ist – so der Commissario – mit dem Kopf auf die hölzerne Lehne der Gondelbank geschlagen und hat sich dabei das Genick gebrochen. Ansonsten wirkt der Göttergatte seltsam unbeschädigt. Die Augen sind geöffnet, der geschlossene Mund ist an den Winkeln hart nach unten gezogen, was ihm den Ausdruck eines Mannes gibt, der gerade ein unangenehmes Erlebnis hatte. Sie hat gerade ein angenehmes Erlebnis, darf es selbstverständlich nicht zeigen und formt das befriedigte Lächeln zu einer schmerzverzerrten Mundbewegung um. Was ihr offenbar hervorragend gelingt, denn der Commissario streckt ihr ritterlich den Arm entgegen, eine Geste, die sie taktvoll dazu auffordert, sich vom Schauplatz des grausigen Geschehens zu entfernen. Das kann sie aber nicht, denn noch fehlt der letzte Schliff, das Sahnehäubchen. Also richtet sie, auch durch die Berührung seines Armes verwirrt, einen konfusen Satz an den Commissario, macht fahrige Gesten mit den Händen, und es dauert ein wenig, bis der Conte begriffen hat, dass sie auf die Wölbung über der rechten Uniformtasche des Gatten zeigt und dass sich darin etwas befindet, was sie unbedingt haben muss. Dann sieht sie zu, wie der Commissario in die Gondel hinabsteigt, auf die rote Plane tritt, sich bückt und das Kästchen aus der Tasche des Uniformrocks zieht. Er kommt zurück, überreicht es ihr schweigend, und als sie die Schatulle vor seinen Augen öffnet und das Herz herausnimmt, bricht sie in Tränen aus. Womit die Operation erfolgreich abgeschlossen wäre.

Zwei Stunden später, als alles endlich vorbei ist und sie bereits im Bett liegt, steht sie noch einmal auf. Sie legt die Kette mit dem Herzen um, zieht den neuen Morgenmantel an, den sie *sich selbst* zu Weihnachten gekauft hat, und begibt sich in die Bibliothek. Dort entzündet sie die Petroleumlampe auf dem Gabentisch, geht ans Fenster und öffnet es. Unten auf dem Canalazzo gleitet eine Gondel vorbei, und sie guckt ihr hinterher, bis das kleine Lämpchen am Bug in der Dunkelheit verschwindet. Sie kippt einen Cognac, danach einen zweiten und steckt sich eine Zigarette an. Dann tritt sie vor den Weihnachtsbaum und betrachtet ihn. Der Ständer, stellt sie fest, ist kein schweres Teil aus Gusseisen. Er besteht aus Holz, und sie kann den Baum ohne große Mühe zum Fenster schleifen. Dass die Zweige dabei ihren Morgenmantel ruinieren und ihr die Nadeln in die Handfläche stechen, nimmt sie in Kauf. Sie hievt den Weihnachtsbaum auf das Fensterbrett, wirft noch einen letzten Blick auf den billigen Pappschmuck und gibt ihm einen Steffi. Anschließend kippt sie einen weiteren Cognac, geht zum Gabentisch zurück, greift sich die Pressglasgondel mit der Perlenkette, die billigen Handschuhe und den billigen Schal und wirft alles dem Weihnachtsbaum hinterher. Hätte man sie in diesem Augenblick nach ihrer Gemütsverfassung gefragt, dann hätte sie geantwortet: aufgeräumt.

Ulrich Knellwolf

Drei Könige ihrer Branche

Im Osten waren sie aufgebrochen, die drei älteren Herren, Meister ihres Fachs, die Kings der Branche. Chasp fuhr im grünen Jaguar von seinem Weingut in der Bündner Herrschaft nach Zürich, Melk im roten Lamborghini von seinem Gestüt im Thurgau und Balz im cremefarbenen Rolls aus seiner schlossähnlichen Villa mit Rundsicht über den Bodensee. Seit über einem halben Jahrhundert kannten sie einander, seit Jahrzehnten arbeiteten sie zusammen, seit Jahren jedoch beschränkten sie sich auf eins, höchstens zwei ihrer Bravourstücke pro Jahr. Letztes Jahr der Raub im Hauptsitz der Nationalbank, der erst nach zwei Tagen bemerkt wurde, vorletztes Jahr die lautlose Entfernung der Holbeinmadonna in Solothurn und so fort, eine glänzende Perlenreihe. Der Coup in den Tagen vor Weihnachten war eine liebe, alte Tradition. Keiner von ihnen hätte ihn missen mögen.

„Ich fürchte, die schweizerischen Polizeicorps wären höchst beunruhigt, wenn er ausbliebe", sagte lächelnd Melk, als sie am Vorabend unter den Augen von Varlins Mutter zum Steg standesgemäß in der *Kronen-*

halle speisten. Er logierte im Grand Hotel Dolder, Chasp im Hotel Baur au Lac, Balz im Hotel Eden, ebenfalls au Lac.

„Letztes Jahr haben sie in der Kurdenszene gesucht“, kicherte Balz in sich hinein.

„Vorletztes Jahr vermuteten sie Südostasien“, fügte Chasp nicht minder vergnügt hinzu.

Die Behörden auf eine falsche Fährte zur Herkunft der Täter zu locken, war eine ihrer Spezialitäten. Dazu übten sie ausländische Akzente, verwendeten ausgesuchte Accessoires und eigneten sich charakteristische Techniken an. *Ethnolook* nannten sie es unter sich. Dieses Jahr war Russenmafia angesagt. Im Visier hatten sie eins der berühmten Juweliergeschäfte an der Zürcher Bahnhofstraße.

„Alles bereit?“, fragte Melk in der *Kronenhalle* und roch an einem paradiesischen alten Cognac.

„Alles bereit“, bestätigten die beiden andern.

„Dann also toi, toi, toi für morgen.“

Melk, ganz der Herrenreiter in exquisiten englischen Stoffen, bestieg am Bellevue ein Taxi. Chasp, in erstklassigem bayerischem Lodengrün, schritt selbstzufrieden über die Quaibrücke, und Balz, Mailänder Herrenmode bevorzugend, sagte, er nehme bis zur übernächsten Station das Vierertram.

Es war gegen drei Uhr am folgenden Nachmittag, als der Lieferwagen der Sicherheitsfirma sich einen Weg durch die dichte Menge der vorweihnachtlich kauflustigen Fußgänger auf der Bahnhofstraße bahnte und direkt vor dem Juweliergeschäft stehen blieb. Heraus stiegen drei Männer in blauen Overalls mit aufgedrucktem Firmenlogo auf dem Rücken, mit blauen Mützen auf dem Kopf, und verfügten sich, Reparaturkoffer tragend, eilig ins Geschäft.

„Ihre Alarmanlage ist nicht in Ordnung", sagte der erste der Männer in gebrochenem Hochdeutsch, aber in bestimmtem Ton zum Geschäftsführer und ließ sich ins Büro führen. Kaum schloss sich die Tür hinter ihnen, räumten die zwei andern wieselflink in kleine Jutesacke zusammen, was in Schaufenstern und Vitrinen lag.

„Was tun Sie da?", fragte eine Kundin empört.

Die Verkäuferin drückte wortlos, wie sie es gelernt hatte, den Alarmknopf und hoffte auf die Polizei. Das Ganze dauerte weniger als drei Minuten. Kein lautes Wort, kein Schuss, keinerlei Gewalt.

Nur, dass der eine der Räuber mehrmals *Towarischtsch* zum andern sagte, registrierten die später vernommenen Zeugen. Dann kam der Geschäftsführer zurück, gefolgt vom ersten der drei Männer.

„Alles in Ordnung", sagte dieser in seinem fremd klin-

genden Deutsch. „Muss ein Fehlalarm gewesen sein."
Bei dem Stichwort „Fehlalarm" hasteten die drei Männer aus dem Geschäft und in den Lieferwagen.
„Was soll denn das?", fragte ahnungslos der Geschäftsführer.
„Überfall!", kreischte eine Kundin. Die Verkäuferin drückte immer noch auf den Alarmknopf und sah aus, als werde ihr jeden Augenblick schwarz vor den Augen.
„Haltet den Wagen an!", schrie der Geschäftsführer, rannte hinaus und stellte sich vor das Auto.
Doch am Steuer saß keiner, und der Wagen stand still.
Als fünf Minuten später die Polizei eintraf und den Lieferwagen untersuchte, fand sie ihn leer, bis auf drei Overalls mit aufgedrucktem Firmenlogo, drei blaue Mützen, dazu eine russische Zeitung.
„Die Kerle haben die Verkleidung abgestreift und sind auf der andern Seite wieder hinaus. Offenbar Russen. Kann jemand brauchbare Angaben über ein Signalement machen?" Blaue Overalls mit Firmenlogo, blaue Mützen, Hochdeutsch mit Akzent, *Towarischtsch* und schwarze Schnauzbärte, lautete die einhellige Auskunft.
„Wissen Sie", ergänzte eine Zeugin, „so wie Stalin einen hatte."
„Ich sag's ja: Russen", nickte der Polizist.
Derweil spazierten drei ältere Herren gemächlich durch

die Bahnhofstraße, jeder mit der Tragetasche eines exklusiven Geschäfts in der Hand und darin ein paar Jutesäcklein. Der zweite der beiden Herren schien erkältet zu sein, denn er musste sich schnäuzen. Als er das Schnupftuch aus der Hosentasche zog, fiel ein dunkler Gegenstand auf die Straße. Nummer drei hinter ihm bückte sich danach und überholte den zweiten. „Vorsicht“, flüsterte er, „du hast deinen Russenschnauz verloren.“

Im Hotel St. Gotthard setzten sie sich wie zufällig an einen Tisch.

„Hat ja wieder wunderbar geklappt“, sagte Chasp. „Wenn ich's so überschlage, müssen es mindestens zwei Millionen sein.“

„Aber fünfzehn Sekunden, bis Overalls, Mützen und Schnäuze weg und die Mäntel an sind, ist zu lang. Wir müssen intensiver trainieren“, meckerte Melk.

„Wir sind nicht mehr die Jüngsten, solltest du bedenken“, erwiderte Balz.

„Was man in der Rekrutenschule gelernt hat, bleibt einem bis an sein Lebensende“, beharrte Melk.

„Gehen wir“, sagte Chasp. „Um acht Uhr Abendessen im *Königstuhl*. Der Tisch ist reserviert.“

Als hätten sie nichts miteinander zu tun, bummelten sie Richtung See. „Nimmt mich wunder, wie es vor dem Geschäft jetzt aussieht“, hatte Balz noch gesagt

und den Juwelier gemeint. Auch der still triumphierende Spaziergang am Tatort vorbei war eine Gewohnheit, die sie nicht hatten missen mögen.
Auf der Höhe des Pestalozzi-Denkmals kam ihnen auf Motorrädern die Polizei entgegen. Melk, der zuvorderst ging, wandte sich um. Die zwei andern taten desgleichen. Auch hinter ihnen war Polizei. Da verlor Melk die Nerven. Er stiefelte, so schnell es seine alten Knochen erlaubten, über die Wiese auf das Globus-Gebäude zu, gefolgt von Chasp und Balz. Vor dem Globus standen zwei Lastwagen, und am Eingang des Warenhauses hatte sich ein halbes Dutzend Nikoläuse aufgestellt. Die nahmen von den Leuten Päcklein und Pakete und Säcke entgegen. Melk streckte, als wolle er sie möglichst schnell loswerden, einem der Nikoläuse seine Tragetasche hin, Chasp und Balz ebenso. Der Nikolaus rief: „Als Schlussbouquet noch drei Tragetaschen mit vier, sechs, sieben, acht Nikolaussäcken. Besten Dank den edlen Spendern."
Sie durften nicht rennen, wenn sie nicht auffallen wollten. Sie hörten eine Verkäuferin sagen: „Die Polizei gibt dem Transport das Geleit." Da blieben sie stehen und sahen sich um. Sie lasen das große Transparent, das zwischen den Lastwagen aufgespannt war. *Weihnachtshilfe für Tschernobyl* stand in großen Buchstaben dar-

auf. Unter dem Transparent hatte sich der schönste aller Nikoläuse aufgestellt: „Liebe Spender“, brüllte er ins Mikrofon, „wir danken Ihnen, dass Sie unserem Aufruf gefolgt sind und sich an der Weihnachtsaktion beteiligt haben. Sie haben uns über fünfhundert Päcklein und Nikolaussäcke gebracht. Wir werden dafür sorgen, dass sie an Weihnachten in den Händen der Leute von Tschernobyl sind. Wir danken Ihnen in ihrem Namen schon heute für Ihre Großzügigkeit. Und hiermit sage ich: Motoren anlassen und gute Fahrt!“ Die Motoren brummten und, eskortiert von zwei Polizeimotorrädern vorne und hinten, setzten sich hupend und unter dem Applaus der Zuschauer die beiden Lastwagen in Bewegung. Melk, Chasp und Balz sahen zu, wie sie langsam in der Beatengasse verschwanden.

An diesem Abend, als drei ältere Herren im *Königstuhl* nach dem Dessert einen Cognac schlürften und eine Montecristo anzündeten, sagte der eine: „Ich muss zugeben, dass mich noch keine einzige unserer Weihnachtsaktionen so befriedigt hat wie die heutige. Wahrhaft meisterlich. Wir sollten uns überlegen, ob wir in Zukunft nicht jedes Mal … also, die Sache in diese Richtung, na ja, ihr wisst schon, was ich meine.“ Worauf die andern beiden nickten und glückliche Gesichter dazu machten.

Gitta Edelmann

Winterweihnachtstraum

„Winterurlaub zu Weihnachten?" Isabellas Mund verzieht sich skeptisch. „Du weißt doch, ich hab's nicht so mit Kälte, und Ski fahren kann ich auch nicht."
„Ski fahren brauchst du nicht. Und du wirst staunen, wie gemütlich es in der Hütte ist, wenn es draußen friert und drinnen der Holzofen bullert. Einen Tannenbaum stellen wir natürlich auch auf. Obwohl – wenn ich mich richtig erinnere, wächst da einer gleich neben der Hütte. Den könnt ihr Mädels ja schmücken. Dann sind wir in diesem Jahr sogar ganz umweltfreundlich." Gerd strahlt.
Hütte.
Isabellas Bild von einem luxuriösen Alpenhotel zerbirst. Vorsichtig fragt sie: „Woran genau hast du gedacht?"
„Na, wir schließen uns einfach Jürgen und den anderen an und fahren mit auf die Tannkopf-Hütte. Gleich am dreiundzwanzigsten, wenn ich Urlaub hab, und dann bleiben wir bis Neujahr. Du wirst begeistert sein. Der Schwarzwald hat im Winter seinen ganz eigenen

Reiz, und die Hütte liegt total einsam. Wenn es schneit, ist man so richtig in einer anderen Welt. Ein Winterweihnachtstraum."

„Und wenn es nicht schneit...?", versucht Isabella Gerds Euphorie zu bremsen.

„Ach, dann kann man dort wunderbar wandern. Maike und Elli brutzeln für den Heiligabend sicher was Schönes, wir machen eine kleine Bescherung – aber nur die Paare unter sich, also keine Angst, du brauchst keinen Großeinkauf zu planen!" Er lacht. „Und anschließend können wir alle bei Kerzenlicht und Weihnachtsmusik gemütlich zusammensitzen und Karten spielen."

Isabella schweigt. Ein Weihnachtsfest mit Wandern, Karten spielen, Maikes veganen Öko-Bratlingen... Wenn sie ehrlich in sich hineinhört, reizt sie das kein bisschen. Weniger als kein bisschen. Aber Gerd scheint so glücklich über die Aussicht auf die Feiertage mit seinen alten Freunden, dass sie es nicht übers Herz bringt, Nein zu sagen.

Sie bereut es schon bei der Ankunft. Wenn Gerd ihr wenigstens vorher gesagt hätte, dass sie die Autos am Bauernhof stehen lassen und die letzten zwanzig Minuten zu Fuß gehen müssen. Dann hätte sie sich doch irgendwo einen Rucksack für ihr Gepäck leihen können! Stattdessen stapft sie nun mit einer unpraktischen und durch Gerds Geschenk nicht gerade leichten Reisetasche bergauf. Die Füße in ihren zu dünnen Schuhen frieren von Minute zu Minute mehr ein, sie spürt sie schon fast nicht mehr. Immerhin liegt kein Schnee, nur an einigen Stellen auf dem Waldweg glänzt Eis.

„Find ich gut, dass ihr endlich mal dabei seid, der Gerd und du", sagt Maike, die mit ihren gefütterten, wasserdichten Stiefeln und dem großen Rucksack zünftig die Führung übernommen hat, bis sie auf die Idee gekommen ist, sich ein bisschen um Isabella zu kümmern.

Isabella hätte gerne darauf verzichtet. Maike ist mit Gerd schon zur Schule gegangen und weiß nicht nur stets alles besser, sondern zeigt das auch deutlich. Wie Jo es mit ihr aushält, ist schwer zu verstehen, aber Jo ist einfach ein ganz Lieber.

Dass Maike und Elli so gut miteinander auskommen, ist ebenfalls rätselhaft, denn im Gegensatz zu der sportlich-praktischen Maike ist Elli die Eleganz schlechthin. Außer dass sie Pink liebt. Das gibt ihrem Designer-Outfit dann doch eine leicht vulgäre Note. Immerhin, ihrem Stefan gefällt es wohl, denn er kann kaum die Finger von ihr lassen.

Das Verhältnis zwischen Jürgen und Nora scheint dagegen seit dem letzten Treffen der Clique deutlich abgekühlt. Nora, die außer ihrem großen Rucksack auch noch eine Tasche mit Lebensmitteln schleppt, wandert schweigsam und alleine, während Jürgen, Jo und Gerd schwer bepackt, aber beschwingt voraneilen. Maike und Jo, Elli und Stefan, Nora und Jürgen und Isabella und Gerd. Langweilig werden die Weihnachtstage nicht unbedingt. Aber anstrengend!

Natürlich ist die Hütte eiskalt. Jürgen heizt zwar sofort fachmännisch den Ofen in der Küche an, doch beim Blick in die Schlafkammern kann Isabella nirgendwo eine Wärmequelle entdecken.

„Wenn der Ofen richtig heiß ist, kommt die warme Luft auch hierher, wir lassen dann einfach immer alle Türen auf", erklärt Maike, die wohl bemerkt hat, wie Isabella ihre weiße Atemwolke anstarrt, die in Richtung Bett zieht.

Na fein. Türen auf. Und wo bleibt die Privatsphäre?

„Schreibst du eigentlich immer noch deine komischen Krimigeschichten?", fragt Maike. „Ich würde mir ja an deiner Stelle ein positiveres Hobby suchen. Ständig diese Gedanken an Verbrechen, das zieht einen doch runter!"

Isabella nickt und schweigt. Es hat keinen Zweck, mit Maike über das Schreiben oder gar über Krimis zu reden. Überhaupt, so hat sie es sich vorgenommen, bleibt dieses Thema auf der Hütte tabu – sie weiß ohnehin, was Gerds Freunde von ihren literarischen Ambitionen halten.
„Komm in die Küche, die ist schnell warm. Und sonst hilft noch von innen ein Kirschwasser."
Damit könnte Maike recht haben. Isabella stellt die Reisetasche neben das unbezogene Bett und folgt ihr. Tatsächlich ist die Temperatur in der Küche mit dem großen Holztisch in der Mitte fühlbar gestiegen und Jürgen hat bereits die Schnapsgläser gefüllt.
„Auf unsere Weihnachts-Hütten-Gaudi", sagt er und hebt sein Glas, um das Kirschwasser hinunterzustürzen. Die anderen tun es ihm nach. Mit Todesverachtung und in drei kleineren Schlucken trinkt Isabella ihren Schnaps – wenn er beim Aufwärmen hilft, soll es ihr recht sein.

Der Abend wird dann zuerst einmal gar nicht so übel, zu Maikes veganer Erbsensuppe mit frischem Holzofenbrot hat Jo ein paar deftige Speckwürfel gebraten, die, wer will, noch über die Suppe streuen kann. Mit vollem Magen erscheint Isabella die Hütte im Licht der

dicken pinkfarbenen Kerzen auf Ellis Weihnachtsdeko sogar irgendwie gemütlich. Vielleicht liegt das allerdings auch am Glühwein, der wirklich süffig ist.
Nach dem Essen, als alle anderen lachend alte Erinnerungen wiederkäuen und schließlich die Karten auspacken, zieht sich Isabella mit einer freundlichen Entschuldigung in den Ohrensessel in der Ecke zurück. Von hier aus kann sie die anderen mit etwas Abstand betrachten und vor allem immer wieder durch das kleine Fenster hinaus in die Nacht schauen. Draußen fallen dichte Flocken, und auf dem Fenstersims bildet sich eine weiße, weiche Decke.
Warm ist es in der Küche jetzt, so warm, dass Elli bereits einige Kleidungsstücke ausgezogen hat. Unter dem dünnen Stoff ihres pinken Trägertops drücken sich die Spitzen eines schwarzen BHs durch. Den Männern fällt es sichtlich schwer, sich auf die Karten zu konzentrieren, und Stefan legt seinen Arm besitzanspruchserhebend um Ellis nackte Schultern. Ab und zu hebt Elli ihr wohlgeformtes, leggings-bekleidetes Bein und bewundert ihre pinkfarbenen High Heels.
„Mein Nikolausgeschenk“, zwitschert sie. „Ich hatte mir ja etwas Warmes für die Füße fürs Bett gewünscht. Aber Stefan war dann eher für was Heißes!“
Sie kichert und beugt sich vor, sodass Gerd und Jürgen

fast die Augen aus dem Kopf fallen. Nora, der Maike gerade einen Vortrag über gesunde Ernährung im Winter hält, kneift die Lippen zusammen und wirft Isabella einen hilflosen Blick zu. Tu doch was!, scheint sie zu sagen.
Isabella schließt kurz die Augen. Ja, sie muss etwas tun.
Sie atmet tief durch, steht auf und geht hinaus, um auf der chemischen Toilette die kneifenden Bauchschmerzen von der Erbsensuppe loszuwerden. Wieso hat Maike eigentlich noch nicht über das stille Örtchen gemeckert? Ein chemiefreies Plumpsklo wäre ihr doch sicher lieber!
Einen Moment lang zögert Isabella, dann tritt sie hinaus vor die Hütte. Auf dem gestapelten Holz neben der Eingangstür liegen – wie sie es von ihrer Ankunft hier in Erinnerung hat – allerhand Werkzeuge: Axt, Hammer, Säge.
Isabella entscheidet sich für die Säge.
Maike, Jo, Elli und Stefan schlafen unter dem Dach. Dorthin müssen sie eine Leiter hinaufsteigen. Eine angesägte Sprosse in mittlerer Höhe wird Wunder wirken. Vor allem in Anbetracht von Ellis Schuhen. Falls sie als Erste hochsteigt, wird sie ganz nett runterplumpsen.

Gut gesägt ist halb gewonnen – als Schreinerstochter kann man's eben, denkt Isabella.
Sie wischt die Späne von der Säge und bringt sie zurück nach draußen. Dann geht sie in die immer noch kalte Schlafkammer, in der sie mit Gerd die Nacht verbringen soll.
„Wir können uns ja warmarbeiten", hat er ihr ins Ohr geflüstert, als sie über die Kälte geklagt hat. So, wie er sich den ganzen Abend schon benimmt und sie vor seinen Freunden wie ein peinliches Mitbringsel ignoriert, ist ihr allerdings jegliches Begehren vergangen.
Wo sind denn nur …? – Ah, da! Erleichtert zieht Isabella ein Döschen Erdnüsse aus ihrer Reisetasche und reißt es an der Lasche auf. Mhm, schön salzig!
Maike hält Salz für ungesund. Dementsprechend schmeckt ihr Essen. Und gesalzene Erdnüsse sind für Maike sowieso das Allerletzte, weshalb Isabella ihren Vorrat lieber heimlich verspeist.
Das Allerletzte. Nicht nur wegen des Salzes. Maike ist auch allergisch gegen Erdnüsse. Wenn sie Erdnüsse essen würde, wären die wohl tatsächlich das Allerletzte …
„Isa, wo bleibssu denn?"
Jürgen steht im Türrahmen, eine Nikolausmütze auf dem Kopf, und Isabella lässt vor Schreck die Nagelfeile

fallen, mit der sie gerade eine Erdnuss zu Staub verarbeitet.
„Denkssu dir hier hübsche Schtorys aus?“, fragt Jürgen. „Hassu es auch schommal mit Ero – äh – rotick probiert? Ich kann dir beim Reschesche-schieren helfn!“
Isabella starrt den besten Kumpel ihres Freundes an. Er schwankt leicht, fährt sich mit der Zunge über die Lippen und kommt näher.
„Kommmich zeig dir ein bissschen weihnachtliche Hütten-Gaudi! Wir könnn auch noch Nora dasssuholn, die macht all-allles für mich.“
Jürgen steht nun direkt neben ihr und Isabella ist dankbar für ihren Rollkragenpullover, der seinen Augen keine Einblicke bietet.
„Na, kommschonn!“, sagt er und gibt ihr einen Schubs, sodass sie rücklings auf das Bett fällt. Schwankend öffnet er den Hosenbund.
„Ich schreie!“ Isabella schnappt nach Luft.
Doch Jürgen plumpst einfach vorwärts neben sie auf das Bett, den rechten Arm über sie gelegt, und beginnt im gleichen Moment laut zu schnarchen.
Isabella zittert. Das kann unmöglich wahr sein!
Vorsichtig nimmt sie Jürgens Arm, schiebt ihn zur Seite und setzt sich auf. Jürgens Gesicht ist gerötet und

er hat einen gemeinen Zug um den Mund, der ihr bisher nie aufgefallen ist. Was für ein Arschloch!
Einen Moment lang sitzt sie reglos am Bettrand. Schließlich packt sie das dicke Federkissen und drückt es auf Jürgens halb in der weichen Matratze verschwundenes Gesicht. Er zuckt kurz, dann liegt er still.
Erneut greift Isabella nach ihrer Nagelfeile. Das kleine Häufchen Erdnusspulver, das entsteht, verbirgt sie in der linken Hand, als sie zurück in die Küche geht.
Maike erklärt gerade, wie schlecht die vielen Fernreisen zu Weihnachten für die Umwelt sind. Damit hat sie nicht unrecht. Aber sind Jo und sie dieses Jahr nicht selbst noch in Thailand *und* in Südafrika gewesen? Oder zählt das nicht, weil es eben zu einer anderen Jahreszeit war?
Schweigend nimmt Isabella die Glühweintassen vom Tisch und schlendert hinüber zum Herd, um sie neu aufzufüllen und Maikes roter Tasse ein besonderes Extra beizufügen.
Ohne ein Wort des Dankes grapscht Maike nach ihrem Glühwein und nimmt einen großen Schluck. Sie hustet und greift sich an den Hals.
„Allergie“, krächzt sie. „Elli! Meine Tasche.“
Sofort springt Elli auf. Ach ja, für so einen Notfall hat Maike stets Medikamente dabei und Elli kennt sich

damit aus. Uups! Daran hat Isabella nicht gedacht!
Mit großen Schritten stakst Elli aus der Küche in die Richtung der Leiter, die zu den oberen Kammern führt. Einen Moment später hört man ein Splittern, ein Krachen und einen Schrei. Dann ist Ruhe im Flur.
Maike in der Küche röchelt nur noch schwach. Jo hält sie in den Armen. Aber er sieht irgendwie gar nicht unglücklich aus.
Stefan und Gerd rennen aus der Küche. Nora folgt ihnen langsam.
„Nein – Elli! Nein!“, hört Isabella Stefans verzweifelte Stimme. Auch sie verlässt die Küche. Sie wirft einen letzten Blick auf Stefan, Gerd und Nora, die am Fuß der gebrochenen Leiter knien, und geht in die andere Richtung zur Tür der Hütte. Sie schlüpft in Maikes warme Stiefel, die diese nun nicht mehr braucht. Sie zieht ihren Anorak an, setzt die Mütze auf, wickelt ihren Schal um den Hals und hängt sich ihre Handtasche um. Dann tritt sie vor die Tür. Im Vollmond ist die frisch verschneite Landschaft erstaunlich hell und friedlich. Ein Winterweihnachtstraum.
„Was hast du getan?“, grollt Gerd plötzlich hinter ihr. Sie fährt herum. Mit ausgestreckten Armen kommt er auf sie zu, bereit, seine Hände um ihren Hals zu legen. Doch ehe er zudrücken kann, reißt Isabella die Axt

vom Holzstapel und schlägt zu. Mit einem Seufzer sinkt Gerd zu Boden.
Isabella zieht den Reißverschluss ihres Anoraks höher und vergewissert sich, dass der Autoschlüssel in ihrer Jackentasche steckt. An der Hüttenwand lehnt ein Kinderschlitten. Isabella lächelt. Als Kind ist sie furchtbar gerne Schlitten gefahren. Ob man das verlernt? Oder ist es wie mit dem Radfahren? Auf jeden Fall ist sie rodelnd im Nu am Bauernhof, am Auto, an einer richtigen Straße und damit in Freiheit! Sie greift nach dem Schlitten, setzt sich drauf und stößt sich mit den Füßen ab. Langsam gleitet sie durch den Schnee und beschleunigt von Meter zu Meter. Es ist ganz einfach, nur der kalte Wind lässt sie einen Moment lang die Augen schließen. Ein Fehler! Unsanft landet ihr Po auf dem harten Boden.

„Na, ausgeschlafen?" Maike kichert.
„Ein Bild für die Götter, wie du vom Sessel gerutscht bist!", prustet Jürgen heraus.
Alle starren Isabella an, die auf dem Boden vor dem Ohrensessel sitzt und blinzelt.
Maike? Jürgen? Elli war auch da? Was …?
Gerd lacht. „Meine Süße war im Geiste sicher ganz woanders. Wer weiß, was für Gedanken und Träume sie mal wieder hatte!"

Isabella blickt von einem zur anderen. Maikes abfälliger Blick, Ellis aufreizende Pose, Jürgens verächtlicher Mund, Nora und Jo, die sich aus allem raushalten, Stefan, der nur Augen für Elli hat, und Gerd.
Auf einen Schlag wird ihr klar, dass sie hier verschwinden muss. Oder die Festtage werden enden wie in ihrem Traum – mörderisch!
Schweigend verlässt Isabella die Küche, geht zur Tür der Hütte und schlüpft in Maikes warme Stiefel. Es ist ihr egal, ob diese sie morgen braucht. Sie zieht ihren Anorak an, setzt die Mütze auf, wickelt ihren Schal um den Hals und hängt sich ihre Handtasche um. Dann tritt sie vor die Tür. Im Vollmond ist die frisch verschneite Landschaft erstaunlich hell und friedlich. Ein Winterweihnachtstraum.
Isabella zieht den Reißverschluss ihres Anoraks höher und vergewissert sich, dass der Autoschlüssel in ihrer Jackentasche steckt.
An der Hüttenwand lehnt tatsächlich ein Kinderschlitten. Isabella lächelt, greift nach dem Schlitten, setzt sich drauf und stößt sich mit den Füßen ab. Langsam gleitet sie durch den Schnee und beschleunigt von Meter zu Meter. Es ist ganz einfach. In weniger als zwei Stunden kann sie in Freiburg sein – in einer richtigen Stadt, in einem zentralgeheizten Hotelzimmer.

Vielleicht soll sie den Heiligen Abend auch gleich noch dort bleiben? Es fühlt sich sehr reizvoll an, wenn sie sich vorstellt, ganz alleine am Laptop zu sitzen und einen Krimi zu schreiben.
Einen Titel hat sie schon: Winterweihnachtstraum.

Regine Kölpin

Dornröschen starb anders

Auch in diesem Jahr wollte ich mich mit einem Stand auf dem Weihnachtsmarkt beteiligen. Dort verkaufte ich neben handgesponnener Wolle auch selbst gestrickte Mützen, Schals, Pullover, Handschuhe und Hüttenschuhe. Damit es authentisch wirkte, hatte ich mein Spinnrad dabei, auf dem ich vor dem Publikum meine Wolle spann. Ich färbte sie selbst mit Zwiebelschalen, Indigo, Efeublättern und was mir noch einfiel, und probierte alles Mögliche, um wunderbare Farbergebnisse zu erzielen. Mit Pflanzen kannte ich mich aus wie kaum jemand anders, das brachte mein Handwerk mit sich. Meinem Erfinderreichtum war keine Grenze gesetzt, ein Zimmer meines Hauses glich einem Hexenlabor. Ja, mein Stand, den ich jedes Jahr mit höchster Sorgfalt aufbaute und mit Unikaten dekorierte, konnte sich sehen lassen. Zwischen Socken und Schals drapierte ich kleine Holzschafe, eine Krippe fand auch stets ihren Platz und täglich wechselte ich das Tannengrün, denn es war nicht gut für das Geschäft, wenn sich die abgefallenen Nadeln zwischen

die Maschen schoben und den Käufer später pikten.
Allerdings trübte sich meine Stimmung, als ich erfuhr, dass ich mit meinem Stand ausgerechnet neben Maria und dem Märchenerzähler Kunibert meine Waren feilbieten musste. Wobei Letzterer nicht das Problem war, Kunibert war ein angenehmer Zeitgenosse. Es ging um Maria. Sie stellte Spirituosen her und verkaufte sie alljährlich auf diesem Weihnachtsmarkt. Ihre Likörchen waren unterschiedlichster Machart: Kirsche, Schoko, Kaffeelikör… Ihr Stand war ein Hingucker. Aber die Liköre bot sie zu absolut überteuerten Preisen an – das mal unter uns –, weshalb bei mir viel mehr los war.
Kunibert hingegen war ein Zauberer der Worte – und hieß wirklich so. Wer auf diesen Namen getauft wurde, konnte nichts anderes werden als ein Märchenerzähler. Hörte ich seine Stimme, erschien es mir, als wären Schneewittchens Zwerge, Rumpelstilzchen oder Dornröschen an meiner Seite. Kunibert war ein Phänomen und alle Frauen und Kinder liebten ihn. Doch er hatte ein Burgfräulein, seine Kunigunde, und kleine Ritter an seiner Seite: eine Verantwortung, die er sehr ernst nahm – bis auf das eine Mal…
Nun stand ich also zwischen ihm und Maria. Maria hielt sich für etwas Besseres und redete überall mit. „Da stehen wir ja wieder, wir zwei“, sagte sie lachend,

als wir am frühen Morgen den Verkaufsbuden den letzten Schliff verpassten. Toni von gegenüber rührte gerade seinen Glühwein zusammen. Zu uns schwappte der Duft von Weihnachtsgewürzen herüber. Kunibert ölte derweil seine Stimme, er spielte die Märchen als Einmanntheater.

„Gegen meine Likörchen kommt hier niemand an", behauptete Maria. „Ich verwende uralte Rezepte. Solche, die man schon bei den Griechen kannte!"

Ich bezweifelte, dass die alten Griechen Marias Liköre getrunken hätten, aber nachweisen konnte ich es auch nicht. Also hielt ich meinen Mund. Das war bei ihr ohnehin meist die beste Idee. Es gab einfach Menschen, denen haftete dieses Unsympathische an. Leider hatte sie Kunibert im letzten Jahr trotzdem um den kleinen Finger gewickelt und ihn von seiner ritterlichen Tugendhaftigkeit abgebracht.

Natürlich habe ich sie unbeabsichtigt ertappt, aber ich wollte die märchenhafte Stimmung vom Weihnachtsmarkt ein bisschen aus der Ferne genießen. Die beiden in flagranti zu erwischen war dann aber alles andere als märchenhaft. Ich tat so, als hätte ich nichts gesehen, und hielt meinen Mund. So wie ein Jahr zuvor, als Maria meinen Hubert vernascht hatte. Seitdem hasste ich Maria, aber ich war einfach nicht der Typ, der sich wehrte oder Dinge an die große Glocke hängte. Es war besser, Kunigunde erfuhr nichts von dem Seitensprung – den Schmerz wollte ich ihr ersparen. Sie tauchte zwar mit ihren kleinen Rittern jedes Jahr in Altmarienhausen auf, blieb aber nie lange, weil es für den Nachwuchs dort zu wenige Drachen zu bekämpfen gab.

Maria rumorte derweil nebenan, Kunibert intonierte das C im Bass. Ich stellte derweil mein Spinnrad auf, platzierte den Schemel davor und suchte aus der kardierten Wolle eine schöne Farbe aus. Ich hatte auch immer eine Handspindel dabei, falls jemand gern mal selbst das Spinnen versuchen wollte.
„Deine Wolle stinkt", rümpfte Maria die Nase, als sie um die Ecke blickte. „Das macht sich nicht gut neben meinen Likörchen. Nicht, dass die Leute denken, dass es meine Produkte sind, die so riechen."
„Ist ein angenehmer Schafgeruch", widersprach ich und trat auf das Pedal.
Die ersten Besucher schoben sich über den Markt, der Duft von gebratenen Würstchen vermischte sich mit den Tönen der Weihnachtsmusik. Es begann zu schneien und alles hätte gut sein können. Die Kunden verweilten gern bei mir, holten sich einen Glühwein und sahen mir weiter über die Schulter. Kunibert

erzählte derweil seine ersten Märchen. Im Augenblick hüpfte er gerade als Rumpelstilzchen über die Bühne. Die Bretter knarrten. Kinder und Erwachsene lauschten ihm gebannt. Von seiner Kunigunde war noch nichts zu sehen. Vielleicht hatte sich die Kunde seines Verrats vom letzten Jahr doch bis zu ihr rumgesprochen und sie speiste längst mit einem anderen Ritter?
Maria hielt ebenfalls nach seiner Angetrauten Ausschau, vermutlich plante sie, diese Nacht erneut Kuniberts Burgfräulein zu werden, und wollte einen günstigen Augenblick abpassen.
Von nebenan dröhnte Kuniberts Stimme, jetzt mit dem Märchen von Schneewittchen. Maria blinzelte ständig um die Ecke, doch Kunibert hatte keinen Blick für sie übrig, vielleicht weil sich seine Kunigunde mit ihren vier kleinen Drachentötern unters Publikum gemischt hatte. Schließlich gab Maria ihr Werben auf und versuchte, mich in ein Gespräch zu verwickeln.
„Ich wechsle das Gewerbe, wenn ich dich so sehe", sagte sie. „Du sahnst hier richtig ab. Ich habe erst fünf Flaschen verkauft. Und Kunibert schaut mich auch nicht an."
Der Wind frischte auf und trieb die Schneeflocken vor sich her. Ihre Bemerkung über Kunibert ignorierte ich geflissentlich. Ich wollte nur in Ruhe meine Waren

verkaufen und dabei ein wenig Wissen über mein Handwerk vermitteln.
„Ich langweile mich. Lass mich auch mal spinnen!", sagte sie mit quengelndem Unterton.
Das tust du sowieso, dachte ich. Nur nicht mit Wolle.
„Später."
„Bitte!" Sie wollte mich tatsächlich von meinem Schemel drängen. „Es hat so etwas Gemütliches. Ich stelle mir Weihnachten am Kamin vor und dazu dieses Spinngeräusch."
Ich ignorierte ihre Bitte, denn von nebenan ertönte lautes Klatschen, Schneewittchen war zu Ende.
Kunigunde sammelte Kuniberts Brut um sich und wollte sich auf den Weg zurück zur Ritterburg machen, als sie vor Maria stehen blieb. Sie taxierte ihre Konkurrentin von oben unten. Dann hörte man eine Art Grunzen und das Edelfräulein spuckte Maria vor die Füße. „Das ist für dein Spielchen im letzten Jahr", sagte sie. Wieder ein Mensch mehr, der Maria nicht mochte. Kuniberts Frau trollte sich und ich sah Maria fragend an. „Du hast es ihr gesagt?"
„Ich will Kunibert für mich allein. Wir gehören zusammen. Weihnachten wird er bei mir in der guten Stube verbringen." Ihre Stimme bekam etwas Schwärmerisches. „Es ist wahre Liebe."

So wie bei dir und meinem Hubert?, dachte ich. Ich ballte die Faust. Es fiel mir immer schwerer, die Contenance zu wahren. Je länger Maria in meiner Nähe war, desto weniger konnte ich sie ertragen. Ihr Buhlen um Kuniberts Gunst riss in mir die alte Wunde immer stärker auf. Ohne sie wäre Hubert noch an meiner Seite und ich würde ich nicht allein in meiner Dreizimmerwohnung hocken. Ich hoffte, sie würde bald wieder zu ihren Likörchen verschwinden. Den Gefallen tat sie mir jedoch nicht. Sie starrte auf meine Hände, durch deren Finger der Wollfaden glitt. Ich fühlte mich plötzlich unwohl.

Kunibert begann nebenan, das Märchen von Dornröschen zu erzählen.

„Gib mir doch mal so eine Handspindel. Ich will spinnen wie das Dornröschen, von dem Kunibert da redet. Dann bin ich ihm nah. So schwer kann es nicht sein!“, forderte sie mich auf.

„Das denkst du“, entgegnete ich. „Das müsste ich dir erst in Ruhe zeigen.“ Ich war froh, als ein weiterer Kunde Interesse an einem Schal mit Schneeflockenmotiv bekundete. Maria war in der Zwischenzeit aufgestanden und lugte wieder um die Ecke zu Kunibert, der Dornröschen zusammen mit der Fee gerade in die Dachkammer zum Spinnen lotste.

Ich spann weiter, mein Spinnrad schnurrte gleichmäßig. Maria lehnte noch immer an der Bude. „Ich will spinnen!“, bat sie mich erneut. „Wie Dornröschen.“
„Dornröschen hat sich dabei an der Spindel gestochen und ist in einen hundertjährigen Schlaf gefallen, schon vergessen?“ Ich reichte Maria dennoch die Spindel herüber, in der Hoffnung, sie gäbe dann Ruhe. Das war natürlich nicht der Fall. Maria gab nie Ruhe.
„Das wäre ein Traum! Ich steche mich, falle in einen komatösen Schlaf und Kunibert küsst mich wach.“ Sie fuhr mit der Kuppe ihres Zeigefingers über die stumpfe Spitze der Spindel.
Am liebsten wäre ich ihr an die Gurgel gegangen. Mit welcher Selbstverständlichkeit nahm sich diese Frau eigentlich, was sie wollte? „Ist dir denn nichts heilig? Er hat auch Kinder!“ Ich hoffte für seine Kunigunde, dass er Maria in diesem Jahr widerstand.
Die reagierte auf meinen Ausbruch gar nicht, sondern hielt die Spindel unschlüssig in der Hand. „Sehen die alle so aus? “
Ich nickte. „Ja, Spindeln sehen so aus.“
Kunibert ließ Dornröschen nebenan gerade in einen tiefen Schlummer fallen.
Maria betrachtete die Handspindel noch immer. „Und woran hat sich dieses verdammte Dornröschen dann

gestochen? Das geht doch gar nicht."
Ich nahm ihr die Spindel weg. Maria sollte ihre Likörchen verkaufen und mich in Ruhe lassen. „Weiß ich doch nicht."
Vor Marias Bude standen jetzt zwei Kunden, sie konnte das Thema nicht vertiefen. Das Dornröschenschloss Kuniberts wurde soeben von einer dichten Dornenhecke überwuchert und auch die Fliegen an der Wand schliefen.
Ich nahm derweil die Spindel zur Hand, drehte und wendete sie. Maria hatte allerdings recht. Dornröschen konnte sich in der Tat nicht an einer Spindel gestochen haben. Es gab keine Spitze und mir war nicht eine Spindelform bekannt, die so spitz war, dass man sich daran hätte stechen können. Dieses Märchen war fachlich völlig falsch, nur war es mir zuvor nie aufgefallen. Eigentlich müsste es umgeschrieben werden. Es war eindeutig verkehrt überliefert, denn die Leute damals wussten schließlich genau, wie eine Spindel aussah. Doch wen kümmerte es? Es war ein Märchen. Feen und Elfen gab es schließlich auch nicht, genauso wenig wie Riesen und Zwerge.
Ich bekam aber den Gedanken nicht aus dem Kopf, wie das Dornröschen wohl wirklich in den hundertjährigen Schlaf gefallen sein mochte. Wie hatte die

böse Fee das Gift platzieren können, wenn das Stechen an der Spindel nicht infrage kam und der Finger nicht blutete?
Bevor ich zu einer Erklärung kommen konnte, rannte Maria wie eine Furie an mir vorbei, schnappte sich die Spindel, stürzte zu Kunibert auf die Bühne und unterbrach das Schauspiel. „Das Märchen ist Blödsinn!“, rief sie. „Guckt euch diese Spindel an. Woran bitte sollte sich das Dornröschen denn stechen? Na?“ Triumphierend blickte sie zu Kunibert, dem vor Schreck der Mund offen stand. „Mich verlässt man nicht ungestraft, werter Rittersmann, und ignoriert mich dann auch noch“, zischte sie ihm noch zu, ehe sie verschwand.
Die ersten Kinder begannen zu weinen. Andere Familien standen auf und gingen wortlos. Ich hasste Maria noch mehr als zuvor. Meinen Mann zu stehlen, ihm den Kopf so zu verdrehen, dass er mich verließ, und ihn dann eiskalt fallen zu lassen, weil er ihr doch nicht genügte – schon das war kaum zu ertragen. Einen verheirateten Familienvater zu verführen und es dann der Ehefrau aufzutischen, war eine weitere Steigerung ihrer Gewissenlosigkeit. Aber jetzt auch noch den kleinen Kindern in der Vorweihnachtszeit die Illusion zu rauben, und sei es nur die eines Märchens, das war unterste Schublade. Darauf stand die Todesstrafe.

Kuniberts kleines Budentheater leerte sich binnen kürzester Zeit. Toni brachte ihm einen Becher Glühwein und schlug ihm aufmunternd auf die Schulter. Kunibert reagierte nicht, sondern starrte fassungslos auf die leeren Bänke. Maria lächelte zufrieden, griff sich den dampfenden Inhalt des Tonbechers und trank ihn mit wenigen Schlucken aus.

Es war ihre Rache an dem Mann, der einen Abend schwach geworden war und sie danach abgewiesen hatte. Wohl wissend, dass sie für den heutigen Tag, ja vielleicht für den ganzen Weihnachtsmarkt, seine Kundschaft vergrault hatte.

Er tat mir leid. Wie er so mit hängenden Schultern dastand, leise seine Sätze formte. Es dauerte eine Weile, ehe ich verstand, was er monoton vor sich hinflüsterte.

„Das Theater ist mein Leben. Genau wie meine Kunigunde mit den kleinen Rittern. Ich will Maria nicht. Das hab ich ihr gesagt."

Maria entfernte sich, noch immer lachend, schloss ihre Bude zu und verschwand im Getümmel. Ich ging zu Kunibert, der auf der Bühne hockte und das Gesicht tief in seinen Händen vergraben hatte.

„Was aber hat Dornröschen wirklich in den hundertjährigen Schlaf fallen lassen?", fragte ich ihn.

„Das Gift, nachdem sie sich an der Spindel verletzt

hatte." Kunibert verstand noch immer nicht, was ich von ihm wollte.
Ich schüttelte den Kopf. „Das geht nicht, weil sie sich nicht gestochen haben kann. Spindeln haben keine Spitze." Ich zögerte, ob ich ihm von meiner neuen Erkenntnis erzählen sollte. „Flachs", sagte ich schließlich.
„Was willst du mir damit sagen?", fragte er.
„Dornröschen hat doch Flachs und keine Wolle gesponnen. Dabei hat sie sich an der Fingerkuppe verletzt. Nur so kann es gewesen sein."
„Auf meiner Bühne wird sich Dornröschen weiter an einer Spindel stechen und deshalb bluten. Verdammt, es ist ein Märchen!"
„Das habe ich bis vor Kurzem auch gedacht", erwiderte ich. „Aber es ist eben falsch."
Kunibert hatte offensichtlich keine Lust, sich mit mir über die wahren Hintergründe des Dornröschenschlafes zu unterhalten, und angesichts seiner momentanen Probleme konnte ich das nachvollziehen. „Lass mich bitte in Ruhe. Ich habe andere Sorgen. Man kann auch keine hundert Jahre schlafen. Es ist ein Märchen!"
„Ein schönes, aber falsches Märchen", sinnierte ich.
„Den Weihnachtsmann gibt es ja auch nicht", sagte Kunibert.

Meine Stunde schlug am nächsten Mittag, als es auf dem Markt ruhig war. Ich tat all dies für Kunibert, für die Kinder, die seine Märchen liebten, und für Kunigunde nebst Ritterschar. Und ich tat es für mich.

„Willst du das Spinnen mal probieren? Ich kann es dir gern zeigen!“, schlug ich Maria vor. Sie sonnte sich noch in ihrem Erfolg, Kunibert so richtig eins ausgewischt zu haben. Seine Theaterbude hatte sich noch nicht wieder erholt. Skandale sprachen sich rasch herum und so waren seine Aufführungen heute nur mäßig besucht. „Keiner verschmäht mich ungestraft“, sagte Maria, während ich ihr die Spindel zurechtmachte und die Handgriffe erklärte.

„Was ist das für ein Zeug? Das ist doch keine Wolle!“

„Das ist die Dornröschenlösung“, sagte ich. „Du wolltest es doch so machen wie sie. Sie hat Flachs zu Leinen gesponnen. Das tat man damals.“

Maria war von der Idee so besessen, es dem Dornröschen gleichzutun, dass sie schließlich einwilligte. „Das tut richtig weh“, klagte sie schon nach kurzer Zeit und hielt mir den geschundenen Finger hin. „Das haben die Frauen früher den ganzen Tag lang ausgehalten?“

„Sie haben sich ein wenig geholfen, um es erträglicher zu machen“, erklärte ich und füllte einen Eierbecher mit Milch. „Du musst die Finger eintunken und die

Kuppen abwechselnd mit Spucke befeuchten. Dann rutscht der Flachs geschmeidig durch deine Hände. Wichtig ist, dass du es regelmäßig machst. Die Bewegung muss in den Spinnvorgang mit einfließen."

Maria legte los und stellte sich wider Erwarten nicht dumm an. Immer wieder befeuchtete sie die Finger mit der Milch und leckte sie beim zweiten Mal ab. Trotzdem bekamen ihre Kuppen schon nach kurzer Zeit erste Blessuren. Der Flachs schnitt rasch in die Hautpartien. „Es funktioniert nicht", sagte sie.

„Was meinst du, wie schlimm das früher war, wenn sie das tagein, tagaus machen mussten. Aber jetzt spinnst du wie das echte Dornröschen."

„Dann muss ich das wohl aushalten." Maria gefiel die Vorstellung, sie agierte regelrecht verbissen. Die leicht blutende Kuppe vergaß sie rasch. „Aber wie hat die böse Fee nun das Gift platziert, denn das befand sich in der Geschichte ja an der Spindel?" Maria leckte sich den Finger wieder ab. Ich lächelte nur, sie würde es erleben.

Nach einer Weile erwähnte sie, dass der Flachs sogar die Zunge zum Brennen brachte. „So langsam habe ich keine Lust mehr", sagte sie. „Mir geht es nicht besonders gut. Meine Lunge brennt und außerdem ist mir übel."

„Wenn du nicht mehr magst, leg die Spindel weg." Ein Blick ins Milchtöpfchen zeigte mir, dass es fast leer war.
„Mein Hals ist wie gelähmt, ich kann nur schlecht schlucken. Eigenartig." Ich bugsierte sie durch das mittlerweile heftige Schneetreiben in ihre Hütte, wo sie inmitten ihrer Likörchen zusammensackte.
„Wir haben das Rätsel um den Schlaf von Dornröschen gelöst", erklärte ich, während ihre Lider schwerer wurden. „Es war die Milch, die vergiftet war. Nicht die Spindel. Das Gift gelangte über die verletzten Fingerkuppen direkt in die Blutbahn und beim Lecken der Finger zusätzlich über die Schleimhäute. Da hatte die böse Fee eine todsichere Lösung gefunden." Ich hatte lange über das Mittel der Wahl nachgedacht. Es konnte nur ein Pflanzengift gewesen sein, was anderes hatten die Leute damals nicht. Im Sommer hätte ich mich für den Goldregen oder den Fingerhut entschieden, im Herbst für eine wunderbare Pilzvariation mit schönen Knollenblätterpilzen. Doch als Pflanzenkennerin war ich auch jetzt im Winter um die passenden Zutaten nicht verlegen. Maria sah mich mit weit aufgerissenen Augen an, reden konnte sie wegen der einsetzenden Atemlähmung nicht mehr. „Nun schläfst du wie das Dornröschen, aber glaube nur nicht, dass der edle

Prinz dich wieder wachküsst." Ich wusch den Eierbecher mit Marias Kaffeelikör aus und steckte ihn in die Tasche. „Der Sud von geflecktem Schierling ist tödlich, deshalb habe ich mich dafür entschieden. Damit kann ich auch nicht färben. Ich musste das Zeug sowieso loswerden."

Maria würde bald ihren letzten Atemzug tun. Mit großer Freude sah ich, wie sich Kuniberts Theater wieder füllte. Unter den Zuhörern war auch seine Kunigunde mit ihren kleinen Rittern. Maria stand ihnen nun nicht mehr im Weg. Ich schloss die Klappe ihrer Bude. Es reichte, wenn man sie später beim Abbauen fand und dann hinterfragte, warum sie so plötzlich gestorben war. Ich glaubte nicht, dass auch nur ein Gerichtsmediziner etwas vom falschen Dornröschenschlaf wusste, da war ich auf der sicheren Seite. Sie hatte bei mir nur Flachs gesponnen, so wie ich das jetzt auch tun würde. In meinem Haus gab es nur Wolle, Naturfarbstoffe und Flachs. Der war wunderbar, wenn man ein feines Tischtuch weben wollte. Ein bisschen schade fand ich es aber doch, dass ich all dieses Wissen für mich behalten musste. Dornröschen starb eben anders, als alle dachten. Nun, dann schenkte ich mir die Erkenntnis vom Dornröschenschlaf eben selbst. Schließlich stand Weihnachten vor der Tür.

Judith Merchant

Rauschgold

Gold und Glitzer. Das ist es, was Menschen sich zu Weihnachten wünschen, ganz gleich, ob am Baum oder im Fenster, um den Hals oder am Ringfinger. Gold und Glitzer. Wir brauchen das einfach. Das ist nichts Schlimmes. Es ist ein Grundrecht. Wobei, ich persönlich finde nicht, dass deswegen Menschen zu Schaden kommen müssen oder gar sterben. Es sah auch lange absolut nicht so aus, als ob jemand sterben würde.
Der Dr. Söhl natürlich, der hatte es als Erster ausgesprochen.
„Wenn Sie so weitermachen, dann sind Sie in einem Jahr tot", hat er zu meinem Mann gesagt. Ich möchte betonen, dass Dr. Söhl dabei nicht an Mord gedacht hat, sondern an den Job vom Klaus. Der Klaus ist mein Mann. Und der Dr. Söhl ist sein Kardiologe.
Aber vielleicht fange ich besser von vorne an.

Ich hab diesen Mann, den Klaus. Seit dreißig Jahren schon, im Grunde. Ich liebe den Klaus wirklich, im Grunde.

Der Klaus ist ein Karrieretyp. Das fand ich immer gut, im Grunde. Also, im Grunde dann nicht mehr, weil das konkret im Alltag für mich als Ehefrau bedeutet, dass der Klaus gar keine Zeit für mich hat. Ich hab manchmal gedacht, dass ich erst was vom Klaus habe, wenn der in Rente geht. Da können wir dann in die Stadt gehen, vielleicht kauft er mir dann was Schönes – Gold steht mir persönlich sehr gut, ich bin ein Frühlingstyp, aber so was weiß der Klaus gar nicht, weil er gar keine Zeit hat, mich anzugucken, darum hat mir das Weihnachtsgeschenk immer seine Sekretärin ausgesucht.
Deswegen habe ich mich eben auf die Rente gefreut. Da hing irgendwie schon auch der Gedanke dran, dass der Klaus dann endlich Zeit hat, auch für mich. Ich hatte so den Traum von einem Stadtbummel, er und ich, und dann gucken wir die Schaufenster an, und hinter einem Schaufenster glitzert es golden, eine schöne Kette vielleicht, meine Augen glitzern auch, und dann sagt der Klaus: „Deine Augen glitzern ja so, mein Schatz", und dann gehen wir da rein. Ja. Und er sieht mich so richtig an. Das hat er lange nicht gemacht. Und ‚mein Schatz' hat er auch lange nicht gesagt. Aber wie gesagt, mit der Rente kommt auch die Zeit für so was, hab ich gedacht. Und als der Dr. Söhl dann das

gesagt hat, da war mir klar, dass der Klaus es womöglich gar nicht mehr bis zur Rente schafft.
„Hier und hier und hier. Sehen Sie? Ein Jahr noch, maximal“, hat er gesagt und auf seinem Bildschirm viele Bilder von Klaus’ Innenleben gezeigt.
Wenn man so was hört, ist man ja erst mal geschockt als Ehefrau. Denn dass der Klaus stirbt, das wollte ich damals nicht.
Der Dr. Söhl hat gesagt: „Sie sind schlank, Sie ernähren sich gesund, das ist alles nicht das Problem. Aber der Stress. Da müssen Sie was machen.“
Der Klaus und ich haben uns angeguckt, und uns war gleich klar: Da kann man nichts machen. Wer eine leitende Funktion in einem Bonner Telekommunikationsunternehmen hat, der kann nicht einfach so runterfahren.
Der Dr. Söhl hat einfach weitergeredet. „Sie sind jetzt achtundfünfzig, vielleicht überlegen Sie sich einfach mal, wie Ihr Leben so aussehen könnte, wenn Sie aufhören, auf einen Herzinfarkt zuzusteuern. Reden Sie doch mal mit Ihrem Chef.“
Der Klaus und ich haben uns wieder angeguckt, weil, der Klaus ist der Chef. Quasi. Das ist ja das Problem.
Was ja dann fast schon Schicksal war, dass in der Woche darauf diese Sache mit der Abfindung durch die Abteilungen ging.

Wie gerufen, im Grunde!
Ich hab zum Klaus gesagt: „Wenn du das jetzt annimmst, dann bekommst du die Abfindung und überlebst das Jahr, und wir haben endlich Zeit für all die schönen Dinge. Wir können bummeln gehen. Oder verreisen."
Das hat den Klaus nicht direkt überzeugt. „Und was mache ich den ganzen Tag, wenn ich nicht mehr arbeite?", hat er gesagt. „Man kann ja nicht die ganze Zeit verreisen."
„Du machst das, was andere Menschen auch machen", hab ich geantwortet.
Er hat mich angeguckt, als hätte ich was sehr Schlimmes gesagt. „Meinst du etwa das, was die Ernestine macht?", hat er gefragt. Die Ernestine ist unsere Nachbarin. Sie war früher Lehrerin und immer im Stress, und als sie in Rente war, hat sie sich eine Katze gekauft, und dann hat sie sich mit der Katze vor den Fernseher gesetzt und ist praktisch nicht mehr aufgestanden, und da sitzen sie jetzt 24 Stunden am Stück, die Ernestine und ihr Garfield. Die beiden sind ein abschreckendes Beispiel fürs Rentnersein.
„So muss man nicht werden", hab ich gesagt. „Vielleicht auch keine Katze, sondern ein anderes Tier, einen Hund, damit man an der frischen Luft ist. Und

ein Hobby. Etwas, was dich wirklich interessiert. Ist doch besser als Herzinfarkt. Du musst es nur machen mit der frühen Rente. Kriegst du das hin?"
Der Klaus hat sehr tief geseufzt. Und geschwiegen. Und dann hat er gesagt: „Krieg ich hin."

Ich sag mal so: Er hat das auch hinbekommen, in dem Sinne schon. Mit Stadtbummel und ‚mein Schatz' war erst mal trotzdem nichts. Er hat sich statt für den Hund für Fische entschieden, und er hat das auch wirklich sehr ernst genommen, was ja grundsätzlich erst mal gut ist.
Zuallererst wollte der Klaus renovieren. Ich dachte an das Haus, er an den Garten, wegen dem Teich für die Fische, das war mir auch recht. Er hat sich informiert. Wenn so ein Mensch immer alles perfekt und mit schön viel Stress gemacht hat, dann renoviert der auch in Rente sehr perfekt und mit schön viel Stress. Mit Gold und ‚mein Schatz' war also immer noch nichts, aber zumindest war er an der frischen Luft.
Es kamen dann also erst ein Architekt und dann noch einer und dann ein Bagger und dann die Garten- und Landschaftsbauer und dann viel Gedöns und dann die Fische. Selbst die Fische hat er mit derselben Energie ausgesucht, mit der er vorher seine Mitarbeiter einge-

stellt hat. Nur einmal ist mir die Frage rausgerutscht, warum das eigentlich so kompliziert sein muss, sein Hobby.
„Ich arbeite nur mit den besten Leuten zusammen, immer“, hat er gesagt.
„Du arbeitest mit den Fischen gar nicht zusammen“, hab ich gesagt.
„Nein, ich meinte die Architekten“, hat er gesagt und blöd geguckt.
Na ja. Er hat das mit den Fischen dann trotzdem sehr kompliziert gemacht. Für mich waren das Goldfische, aber nein, es waren Koi, artenreine Japaner. Aber wir hatten schon mehr Zeit als vorher zusammen, auf jeden Fall. Viel mehr.

Anfang Dezember ist mir das erste Mal aufgefallen, dass irgendwas komisch ist. Da hab ich mich mit der Susanne auf dem Weihnachtsmarkt auf dem Friedensplatz getroffen. Auf einen Eierpunsch. Also, auf zwei.
„Und was macht das Dolce Vita als Rentnersgattin?“, hat die Susanne gefragt.
„Gut“, hab ich gesagt.
„Und wie geht's dem Klaus damit?“, hat sie gefragt. Und da hab ich gemerkt, dass ich das gar nicht so beantworten konnte. Weil ich ihn gar nicht mehr

kannte. Ich hab gesagt: „Er ist ganz anders."
„Er ist eben nicht mehr so gestresst", hat die Susanne gesagt.
„Du hast dich dreißig Jahre beschwert, dass der Klaus zu viel arbeitet und so gestresst ist", hat sie gesagt.
„Stimmt."
„Und immer gesagt, dass er sich nie ändern wird."
„Stimmt."
„Und jetzt hat er sich geändert, und das passt dir auch nicht", hat sie gesagt, „stimmt's?"
„Im Grunde, ja", hab ich gesagt und dann hab ich den Rest von meinem Eierpunsch ausgetrunken und neuen bestellt. Das mache ich sonst nie. Das weiß die Susanne genau. Und sie hat sofort gefragt: „Oder hast du Angst, dass er 'ne andere hat?"
„Ausgerechnet jetzt?", hab ich gesagt. „Wie soll er das denn machen? So ein Blödsinn."
Dann hat die Susanne noch gesagt: „Was macht er denn so den ganzen Tag?"
Und ich hab gesagt: „Er ist draußen. Beim Teich. Die ganze Zeit, eigentlich."
„Klingt fantastisch. Er ist an der frischen Luft und beschäftigt, und das vor deiner Nase. Nee, da musst du dir keine Sorgen machen", hat die Susanne gesagt. „Was stört dich denn daran?"

Und da ist es mir aufgefallen, was anders ist. Dass der Klaus mich gar nicht anguckt.
„Das hat er vorher auch nicht", hat die Susanne gesagt. Da musste ich ihr recht geben. „Aber vorher konnte der Klaus mich ja auch gar nicht sehen, weil er immer auf der Arbeit war oder auf sein Blackberry geguckt hat. Jetzt könnte er theoretisch. Aber er tut es nicht. Selbst wenn wir uns beim Essen gegenübersitzen, dann guckt er so seitlich an mir vorbei. In den Garten."
Susanne hat den Kopf geschüttelt. „Und was ist da im Garten?"
„Nichts. Der Teich."
„Und dahinter?"
„Das Nachbarhaus."
„Und da wohnt wer genau?"
„Unsere Nachbarin. Die Ernestine. Aber die geht nicht mehr raus, die sitzt die ganze Zeit mit ihrem fetten Kater auf dem Sofa."
Susanne hat die Stirn gekraust. „Sieht die gut aus?"
„So ist der Klaus nicht, Susanne", hab ich gesagt.
Susanne hat mich angeguckt, als wäre ich blöd. „Du weißt doch gar nicht, wie der ist. Der war doch nie da. Ach, Schätzchen, das tut mir leid."
Ich hab den Kopf geschüttelt, denn für die körperliche

Treue vom Klaus leg ich meine Hand ins Feuer, im Grunde.
Das war jetzt nicht direkt schlimmes Misstrauen, dass ich an dem Abend früher nach Hause gekommen bin. Echt nicht. Eher so ein gesundes, ja, schon Misstrauen. Ich hab sehr leise die Tür aufgeschlossen und schon beim Reinkommen gemerkt, dass der Klaus nicht im Wohnzimmer war. Aber auf der Terrasse war Licht. Ich hab ganz vorsichtig die Terrassentür geöffnet.
Was, wenn ich den Klaus mit der Ernestine in inniger Umarmung erwische?, hab ich gedacht. Wobei das Quatsch wär bei der Kälte. Als der Klaus neben dem Teich hockte, war ich so froh, dass ich ganz laut „Gott sei Dank!" gerufen hab.
„Was ist los?", hat der Klaus gefragt.
„Nichts", hab ich gesagt, ich hätte ihn vor Erleichterung gern umarmt, aber er hockte so weit unten am Boden, das macht mein Rücken nicht mehr mit, dieses Bücken. Irgendwas war komisch an seiner Haltung, ich konnte nicht sagen, was, er hockte da einfach nur wie ein Reispflücker, ohne Jacke.
„Ist dir nicht kalt?", hab ich gefragt.
Der Klaus hat den Kopf geschüttelt. „Ich muss hier noch ein bisschen die Anlage kontrollieren, es friert bestimmt bald", hat er gesagt.

Ich bin ins Bett gegangen. Unser Schlafzimmer geht ja nach hinten raus. Und da hatte ich so die Idee, noch mal durchzulüften. Soll man ja eh machen. Ich hab also das Licht gelöscht und ganz leise das Fenster geöffnet. Und gelauscht.
Und da hab ich gehört, wie der Klaus auf der Terrasse geflüstert hat: „Meeeein Schatzzz!“.

Über dieses ‚Mein Schatz‘ hab ich sehr lange nachgedacht in der Nacht. Dazu hatte ich auch alle Zeit, denn es hat sehr lange gedauert, bis der Klaus ins Bett gekommen ist. Ich hab mich dann natürlich schlafend gestellt.
Jedenfalls hab ich mich entschlossen, dass ich um meine Ehe kämpfen muss. Eine kurze Recherche bei Susanne und den gängigen Frauenzeitschriften, und ich wusste, was ich zu tun hatte. Die Frauenzeitschriften informieren einen ja gottlob sehr konkret, da bleibt kein Raum für Missverständnisse.
Als Erstes bin ich zum Friseur gegangen.
„Sie sind ein Frühlingstyp!“, hat der gerufen. „Da machen wir goldene Strähnchen! Ein Rauschgoldengel zu Weihnachten, haha!“
Als Zweites hab ich neue Klamotten gekauft.
Als Drittes hab ich ein romantisches Wochenende für

den Nürnberger Christkindlesmarkt gebucht.
Als Viertes wollte ich Unterwäsche kaufen, aber da hat plötzlich meine Karte gestreikt. Das hab ich darauf geschoben, dass ich Punkt eins und zwei sehr ernst genommen hatte.
Mit den neuen goldenen Strähnchen bin ich also nach Hause zum Klaus gefahren und hab gesagt: „Du, ich hab uns ein Wochenende in Nürnberg gebucht!"
Er hockte neben dem Teich und sah mich nicht an.
Ich glaube, da hab ich es das erste Mal bemerkt. Dass der Klaus sich auch körperlich irgendwie verändert hat. Er hockte da so auf seinen Füßen mit einem ganz runden Rücken, die Knie in die Luft, es sah aus, als ob sein Körper sich dieser Haltung angepasst hätte. Und da hab ich mich zum ersten Mal gefragt, wie er eigentlich diese Position so lange beibehalten konnte, ohne zu frieren.
Ich hab nach seinem Arm gegriffen, er war eiskalt. „Und ich war beim Friseur", hab ich gesagt.
Er hat hochgeblickt, ohne hinzusehen, und gesagt: „So viel Geld für Äußerlichkeiten, muss das denn sein?"
Ich hab gesagt: „Unbedingt! Und außerdem fahren wir nach Nürnberg nächstes Wochenende, auf den Weihnachtsmarkt. Nur wir beide."
Er hat mich angesehen mit einem Blick, den man nicht

anders als erschrocken nennen kann. Und dann hat er gesagt: „Wir müssen sparen."
Ich hab den Kopf geschüttelt. So einen Quatsch hatte ich noch nie gehört. Wir müssen nämlich nie sparen, und seit der Abfindung erst recht nicht.
„Es ist etwas passiert", hat der Klaus gesagt. „Mit Wanda."
„Wer", fragte ich zu Recht, „wer ist Wanda?"
Er redete einfach weiter. „Ihre linke Flosse ist von Parasiten befallen. Ich muss das beobachten. Ich fürchte, das läuft auf eine Operation hinaus. Man muss die befallenen Stellen entfernen, ehe die Stelle wuchert und auf ihren wunderschönen rotgoldenen Punkt übergreift. Dann wäre sie entstellt! Das wäre ..." Er hat vor Entsetzen die Augen geschlossen und schmerzerfüllt den Kopf geschüttelt.
Ich hab gar nichts gesagt, weil es mir nämlich die Sprache verschlagen hatte.
Dann hat er gesagt: „Und darum können wir nicht einfach so wegfahren. Zum Spaß. Für viel Geld. Wenn ein Koi sein Gold verliert, ist das etwas sehr Trauriges. Das verstehst du doch?"
Ich hab genickt. „Und wenn eine Frau Gold verliert, auch", hab ich gesagt. „Aber Moment mal – dafür müsste sie erst mal welches geschenkt bekommen. Ich

wär durchaus bereit, das Risiko einzugehen. Aber wenn ich höre, dass der Mann, der den Frisör zu teuer findet, einen Fisch operieren lassen will …"
Da hat der Klaus mich unterbrochen. „Wanda", hat er gesagt. „Es ist eine Sie, und sie hat einen Namen! Und jetzt muss ihr erst einmal geholfen werden. Ich hab schon mit einem Spezialisten telefoniert, der auf solche OPs spezialisiert ist. Der wohnt allerdings in Norddeutschland. Da muss ich dann mit ihr hinfahren. Oder ich lasse den kommen. Darum müssen wir sparen."
„Wir werden nicht sparen, um einen Fisch operieren zu lassen", hab ich gesagt. „Damit der Fisch sein Gold behält, und ich bekomme keins. Das ist absurd!"
Der Klaus hat sein Kinn gereckt. „Das kann ich bestimmen! Sie gehört mir! Mir allein!" Und dann ist sein Blick von mir weggerutscht und hat das Wasser abgesucht, und erst, als es dort orangenfarben glitzerte, haben sich seine Augen geweitet, und er hat geflüstert: „Mein Schatz!" Und da hab ich gemerkt, was hier abging. Dass der Klaus die Wanda liebte.

Wollen wir die Sache erst mal nüchtern beschreiben. In unserem Teich schwimmen fünf Fische, die mehr oder weniger weiß und golden sind. Hübsche Fische. Einer

davon heißt Wanda und hat einen roten Punkt. So weit, so gut.
Ich bin nicht übermäßig romantisch. In Maßen, ja, doch. Aber realistisch. Ich liebe meinen Mann schon. Aber der liebt einen Fisch. Was will man machen?
Kurz denke ich an Mord am Fisch – aber diesen Gedanken verwerfe ich, zu sicher bin ich mir, dass an der nächsten Ecke schon die nächste Wanda wartet. Nein, das bringt nichts.
Die Antwort auf alle meine Probleme liegt klar auf der Hand: Klaus muss weg. Dann hab ich meinen Frieden und kann mir haufenweise selber Gold und Glitzer kaufen und muss nicht warten, dass mein Mann das tut.
Ich mache mir einen Kaffee und analysiere die Lage. Wenn ich schon zur goldenen Witwe werden muss, dann möchte ich das natürlich diskret und straffrei über die Bühne bringen. Und schnell. Ich denke an Auftragskiller und Gifte und durchtrennte Bremsen und eingeseifte Treppenabsätze, aber das ist alles kindisch und überflüssig, denn Dr. Söhl hat mir eine astreine Vorlage geliefert. Das Herz.
Das Herz von Klaus schlägt nur für Wanda, und besonders zuverlässig schlägt es ja eh nicht. Also brauchen wir einen schönen Herzinfarkt, und das sollte leicht zu bewerkstelligen sein. Männer, die sich vor

Stress hüten sollen, sind im Grunde ja die idealen Kandidaten für diskrete Herzinfarkte.

Heute ist der vierte Advent. Da gibt es bei uns immer etwas Besonderes, Reh oder Gans. Ich decke den Tisch besonders schön. Eine gestärkte Decke, eine Amaryllis mit golden angesprühtem Blatt und dazu das gute Geschirr. Und das schwere Silberbesteck.
Klaus ist offenbar sehr erleichtert, dass ich mich wieder eingekriegt habe. Zumindest denkt er, dass ich mich wieder eingekriegt hätte.
„Oh, was gibt es denn Feines?“, fragt er.
„Ein traditionelles schlesisches Familienrezept“, sage ich. „Mit Lebkuchensoße. Ich hab extra dafür das Silber geputzt. Siehst du?“
„Hmmm“, macht er.
„Wir haben dieses Besteck so lange nicht mehr benutzt“, sage ich und lächle noch mehr.
„Hm“, macht er. Er guckt auf den Tisch, aber er kapiert nicht so ganz, was Sache ist, das ist offensichtlich.
„Fühl mal, wie schwer dieses Silberbesteck in der Hand liegt“, fordere ich ihn auf.
„Warum?“, fragt er.
Ich strahle ihn an. „Weil es ein ganz besonderes Besteck ist.“

„Es ist das gute Besteck meiner Eltern“, sagt er.
„Und was noch? Na?“, ermuntere ich ihn.
Er richtet den Blick erst auf die Gabel, dann auf das Messer, und dann begreift er erst, was da liegt. Dass es das Fischbesteck ist. Mehr begreift er aber vorerst nicht.
„Ich hab gedacht, wir müssen sparen“, setze ich ihm auseinander. „Und darum hab ich darauf verzichtet, den teuren Karpfen vom Fischhändler zu kaufen. Wo wir doch so viel preisgünstigere Fische direkt vor Ort haben. Denk nur an die Tierarztrechnungen, die wir dadurch sparen!“
Er starrt mich an. Und starrt. Und öffnet den Mund und stammelt: „W-was … hast d-du … d-da g-g-gemacht?“
Ich nehme die gute Porzellanplatte von der Durchreiche und stelle sie vor ihn hin. „Pochiert“, sage ich, „werden alle Karpfen blau. Ich hab Lebkuchensoße dazu gemacht.“
Sie können sich diesen Schrei gar nicht vorstellen. Es ist ein Schrei, wie ich ihn noch nie gehört hab. Nach Herzinfarkt klingt er jedenfalls nicht.
Und dann springt der Klaus auf, so schnell, dass der Tisch wackelt. Ich weiche instinktiv zurück, greife nach dem Fischmesser, dabei kann so ein Fischbesteck

ganz sicher nicht ideal zur Verteidigung sein, aber ich brauche auch gar keine Verteidigung, denn der Klaus geht nicht auf mich zu, sondern er stürzt zur Terrassentür und reißt sie auf.

Und steht da. Und guckt. Und guckt. Und dann geht er in den Teich rein, wühlt so mit beiden Händen durch das klare Wasser und schreit. „Mein Schatz!“, schreit er, oder er heult eher.

Er bekommt keinen Herzinfarkt, und das ist die wirklich große Enttäuschung. Denn damit war die ganze Aktion umsonst. Stattdessen würde der Klaus jetzt eine schreckliche Männergrippe oder maximal eine Lungenentzündung bekommen, an so was stirbt man ja heutzutage leider selten. Und dieses Brüllen! Es kann nicht lange dauern, bis jemand …

Und da kommt auch schon jemand, nämlich die Ernestine. Normalerweise kann ja nichts und niemand die von ihrem Fernseher weglocken, aber der Schrei vom Klaus, der kann, und sie steht so am Zaun und glotzt und fragt: „Ist alles okay? Was ist denn los?“, und der Klaus zeigt mit dem Finger auf mich und brüllt: „Mörderin! MÖRDERIN!“, und ehe es da jetzt Ärger gibt, sage ich so laut, dass auch die Ernestine es hört:

„Ach, wegen der Fische? Haha! Die sind in der Badewanne. Kleiner Scherz.“

Und der Klaus starrt mich an, die Augen blutrot, und schluchzt, und dann ist er raus aus dem Wasser, tropfend nass, und geht mir hinterher ins Bad. Und guckt in die Badewanne, erst ungläubig, dann selig, wo die verdammten Fische schwimmen, bisschen eng haben sie es. Und dann kniet er nieder, tropfend nass, und flüstert: „Mein Schatz!"
Da denke ich, dass der echt total verrückt ist und dass es höchste Zeit ist mit dem Herzinfarkt. Und während der sich was Trockenes anzieht und die Fische zurück in den Teich bringt, mache ich Kaffee. Kaffee ist ja auch nicht gut fürs Herz. Vielleicht kann man extra koffeinstarken kaufen? Aber erst mal muss er mir wieder vertrauen.
Und dann kommt der Klaus in die Küche und ich sage schnell: „Ich hab sie nur in die Badewanne gebracht, weil es so kühl geworden ist. Der Wanda war doch sicher kalt."
Er starrt mich an, als wüsste er nicht, ob er mir glauben soll. Dann sagt er: „Ich hab doch extra diese Teichheizung installieren lassen. Sonst hätten wir sie drinnen überwintern müssen, das wollte ich ihnen nicht zumuten."
„Eine Teichheizung", wiederhole ich. „Was hast du denn noch alles machen lassen? Nur für die Fische?

Und für Weihnachtsgeschenke bleibt nichts?"
„Na, nur die Alarmanlage. Darum ist ja auch das ganze Geld von der Abfindung... Aber weißt du, das war nur vernünftig. Bei dem Wert der Fische wäre es idiotisch, wenn sie Frostschäden bekommen oder geklaut werden."
„So wertvoll sind die?", frage ich ungläubig.
Er nickt. „Und Wanda ist die Allerwertvollste", flüstert er und sieht verliebt ins Wasser.
Das muss ich erst mal sacken lassen. Immerhin habe ich jetzt mit erheblicher Verspätung begriffen, dass die Abfindung sich nicht mehr auf dem Konto, sondern im Teich befindet. Und darum bin ich wirklich erleichtert, dass ich in meiner Wut die Wanda nicht wirklich zu blauem Karpfen gemacht habe.
Plötzlich springt Klaus auf. Kreidebleich ist er geworden und schreit: „Du!" und: „Nein!" und: „Hilfe!". Dann stürzt er wieder zur Terrassentür.
Und dann sehe ich es.
Garfield.
Mit Wanda.
Muss passiert sein, als die Ernestine wegen dem Geschrei vom Klaus überraschenderweise die Tür geöffnet hat. Da ist der Garfield anscheinend raus. Und hat anscheinend die Wanda gesehen und sich gedacht:

„Mach ich doch mal ausnahmsweise, was normale Katzen so machen!“ Und was soll ich sagen, da war er gar nicht schlecht drin.

Wenn so ein Herz erst einmal stehen bleibt, dann möchte das Herz es auch dabei belassen. Es hat dann keinerlei Interesse daran, wieder zum Schlagen gebracht zu werden. Und darum ist es für den Menschen, der da Erste Hilfe leistet, eine ganz schöne Aktion, das dumme Herz vom Gegenteil zu überzeugen.

Zumal ich jetzt nicht gerade die geborene Sanitäterin bin. Man muss genau den richtigen Rhythmus finden bei der Herzmassage.

Ich tue das nicht aus Nächstenliebe. Auch nicht aus Tierliebe. Hier stirbt etwas, das ein paar tausend Euro wert ist. Will ich das? Nein. Und zwar will ich das deswegen nicht, weil der Fisch, dessen Leben ich rette, praktisch schon mir gehört, denn mein Ehemann stirbt gerade an einem Herzinfarkt.

Und darum gebe ich alles. Klaus würgt und krampft nur noch ein bisschen, der merkt das gar nicht. Kurz überlege ich, ob als Ergänzung zur Herzmassage vielleicht eine Mund-zu-Mund-Beatmung hilfreich wäre – oder eine Mund-zu-Kiemen-Beatmung? Ich werfe einen zweifelnden Blick auf seine blassen Lippen, da geschieht es, er zuckt und schlägt die Augen auf.

Oder nein – sie.

Dann trifft mich ein Blick aus goldenen Augen, ein Blick voller Dankbarkeit, ein Blick, aus dem noch die Restangst der gerade überstandenen Nahtoderfahrung spricht, ein Blick, der mich – was soll ich sagen? – mitten ins Herz trifft. Sie guckt mich an! So hat der Klaus mich nie angesehen. Aber der Klaus ist auch nicht so goldig und wunderschön und kostbar wie die Wanda.

Neben uns tut Klaus seinen letzten Schnaufer, dann ist er erlöst.

Und sie lebt! Vorsichtig hebe ich Wanda hoch und lasse sie ins Wasser gleiten.

Schnell überprüfe ich Klausens Puls. Da ist nichts mehr. Das ist super, also kann ich jetzt gefahrlos den Krankenwagen rufen, damit das mit dem Totenschein nachher alles seine Richtigkeit hat. Bei der 112 geht sofort jemand dran, ich nenne Name und Adresse und sage, dass mein Mann gerade einen Herzinfarkt gehabt hat und offenbar tot ist.

„Bewahren Sie Ruhe, es kommt sofort jemand", sagt man mir, dabei bin ich total ruhig, ich bin die Ruhe selbst.

Das geht echt fix mit dem Krankenwagen. Zehn Minuten, dann stehen sie neben dem Teich und fummeln am Klaus rum. Die Sanitäter machen eine Menge Gewese um ihn, dabei ist ziemlich offensichtlich, dass da nichts mehr zu machen ist.
„Wir tun, was wir können", sagt der eine, und der andere: „Mein Beileid".
„Was hat er denn hier draußen gemacht, in der Kälte, ohne Jacke?", fragt der Notarzt. Das hätte ich nicht erwartet. Er guckt mich an wie ein Detektiv im Fernsehen.
„Er wollte nach den Fischen gucken", sage ich.
„Ohne Jacke?", fragt der Columbo.
Ich zuck die Achseln. „Er hat die Nachbarskatze am Teich gesehen."
„Verstehe, verstehe", murmelt der Notarzt, und dann wirft er einen Blick in den Teich und guckt und guckt dann richtig, und dann blitzen seine Augen auf, und dann sagt er: „Schöne Koi haben Sie da. Kann ich verstehen, dass man da die Katze von weghaben will." Und ich nickte und sehe in den Teich und sehe noch mal rein und sehe die Fische und sehe Wanda und sehe Gold und sehe Glitzer und dann verstehe ich.
Jetzt gehören sie mir. Mir! Mir ganz allein!

„Was haben Sie gesagt?", fragt der Notarzt, und da merke ich, dass ich neben dem Teich in die Knie gegangen bin. Er zieht mich hoch und sagt: „Passen Sie auf, dass Sie sich nicht erkälten, Sie sind ganz nass."
Ich beachte ihn gar nicht, ich sehe Wanda, sehe, wie sie eine glitzernde Flosse hebt und mir zuwinkt. Dann zieht sie eine anmutige Pirouette durch den Teich und lässt dabei lässig erst das Perlmutt ihres grazilen Rückens und dann das Rotgold ihres Punktes aufleuchten, ehe sie verschwindet.

Wanda hat die OP gut überstanden, sie ist schöner denn je. Heiligabend sitze ich am Teich und überprüfe die Temperatur.
Ich sitze jeden Tag hier. Ich sitze von morgens bis abends hier.
Ich gucke in den Teich mit all dem Gold, und manchmal wirft Wanda mir eine Kusshand zu, eine Kusshand voller Gold. Nur für mich.
Wanda, mein Schatz!

Dietmar Bittrich

Die Unsterblichkeit

Großonkel Joseph war nicht allein mein Erbonkel, sondern auch der Erbonkel zahlreicher anderer Familienmitglieder. Wir alle machten ihm regelmäßig unsere Aufwartung. „Drückt nur die Daumen, Kinder“, sagte meine Mutter, seine Nichte, „dass er nie und nimmer ins Heim muss.“

Nach einer längst überholten Tradition hanseatischer Kaufleute hatte Joseph bis zu seinem fünfundsiebzigsten Geburtstag an der Gewohnheit festgehalten, Arztkosten aus eigener Tasche zu begleichen. Versicherungen hielt er für Betrugskartelle. Und nun würden sie ihn als Mitglied auch nicht mehr nehmen. Hätte er in ein Pflegeheim umziehen müssen, wären bei den unverschämten Tagessätzen und bei seiner ererbten Zählebigkeit die Millionen in wenigen Jahren dahingeschmolzen. Am Ende hätten wir einen Brief vom Sozialamt erhalten und wären am Unterhalt arm geworden. Das musste verhindert werden.

Joseph war ein großer Mann mit ausfahrenden Gesten und lauter, greinender Stimme, die er auch in Straßenbahnen und Restaurants nicht dämpfte. Während er sich über die Politik ereiferte, ruderte er wie ein Windrad mit den Armen und streute die Asche seiner unerschöpflichen Zigarre über die Zuhörer. Jeder hatte binnen Kurzem heraus, dass seine Vorträge durch Einwürfe und Widerspruch nicht abzukürzen waren. Die meisten hörten also schweigend zu und lächelten das Lächeln der Nachgeborenen. Meine Mutter hatte die Losung ausgegeben, er sei eine Persönlichkeit.

Nach zwei missglückten Affären und einer kurz vor der Heirat gelösten Verlobung hatte Joseph mit vierzig beschlossen, sein Leben als Junggeselle zu verbringen. Auf dem schwarz polierten Bechstein-Flügel, an dem er mit brüchigem Organ die Fragmente von Schubert-Liedern anstimmte, standen das goldgerahmte Foto eines Schäferhundes, den er als den besten Freund seines Lebens bezeichnete, und ein Porträt eines Reitpferdes, das ihn nach zwei treuen Jahrzehnten abgeworfen hatte, sodass ich ihn nur hinkend kennengelernt habe. Meine Mutter hatte ein Foto unserer Familie dazugestellt.

Als Joseph an einem Oktobersonntag aus einem dumpfen Mittagsschlaf erwachte, glaubte er, die Aura der Gegenstände und Zimmerpflanzen zu sehen. Er berichtete von der vibrierenden Unschärfe ihrer Doppelkonturen, als meine Mutter sich am Abend telefonisch nach seinem Wohlergehen erkundigte. Seine Sprache war so verschleiert, dass sie kaum dahinterkam, was er meinte. In einer ängstlichen Eingebung flehte sie ihn an, seine Füße hochzulegen, und fuhr zu ihm, um seine Bettruhe zu überwachen. Am folgenden Tag hatte er die gewöhnliche Sicht der Dinge wiedererlangt.

Beim Weihnachtsessen beschuldigte er meine Mutter, die Gans mit verdorbenen Maronen gestopft zu haben, die ihm Lippen und Zunge betäubten. Wir, die ihm gegenübersaßen, wurden unterdessen Zeuge, wie die rechte Hälfte seines Gesichtes ins Rutschen kam. Es sah aus wie ein in Zeitlupe zusammenstürzendes Hochhaus; die Fassade scheint als Ganzes abwärtszugleiten und wahrt im Absacken noch für einen würdigen Augenblick ihre Gestalt, bevor sie sich für immer in Staub und Trümmern auflöst. Wir nötigten ihn, sich auf die Couch zu legen. Auch diese Anwandlung ging vorüber. Doch wir wussten, dass es Zeit war zu handeln.

Als im Februar ein Regenschauer die gefrorenen Wege mit einer Eisschicht versiegelte, fiel uns ein, dass unser Onkel viel zu selten spazieren ging.

„Es ist nicht gut, dass er immer drinnen hockt“, sagte meine Mutter. Dann riefen wir ihn reihum an, um ihn zum Ausgehen zu ermutigen. Schließlich raffte er sich tatsächlich auf. Mit pochenden Herzen saßen wir in den

folgenden Stunden neben dem Telefon. Keiner von uns war an diesem Tag ohne blaue Flecken oder verstauchte Handgelenke davongekommen. Auf den spiegelnden Straßen waren scharenweise Menschen gestürzt und unter die Räder geraten. Nicht einmal die Unfallwagen konnten sich über die glasierten Flächen bewegen.
Nun warteten wir auf den erlösenden Anruf. Der kam gegen achtzehn Uhr. Onkel Joseph dankte uns für den guten Rat. Er sei nach einem wackeren Gang erquickt und froh heimgekehrt und fühle sich durch die frische Winterluft wohltuend gestärkt.
Zu Ostern spendierten wir Onkel Joseph ein Shampoo, damit er sein Geld nicht immer zur Friseurin trage, die sich auf vordergründige Weise bei ihm einschmeichelte.
„Alte Menschen müssen aktiv bleiben“, sagte meine Mutter. „Es ist besser für ihn, wenn er sein Haar selber wäscht.“
Und damit es danach schnell wieder trocken würde, schenkten wir ihm obendrein einen Föhn.
Mein elektrisch versierter Vetter installierte eine neue Steckdose im Badezimmer und erklärte Onkel Joseph, dass man einen Föhn am besten benutzt, während man in der Badewanne liegt, damit man es von allen Seiten warm hat. Unser Onkel fand das überzeugend und hielt sich fortan daran. Es bekam ihm gut.

An einem schwülen Nachmittag Ende August durchfuhr Onkel Joseph der Blitz eines unsichtbaren Gewitters. Er saß im Lehnstuhl und hatte das Gefühl, ans Polster genagelt zu werden. Der zweite Blitz ließ ihn über die Lehne kippen. So fand ihn meine Mutter am Ende eines Tages voll vergeblicher Anrufe.

In Bad Homburg, einer deprimierenden Ballung von Krankenhäusern, Rehabilitationsstätten, Thermalbädern, Fastenkliniken und Cafés, erlebte unser Onkel von nun an die unerbittliche Routine eines Pflegeheims. Sein Zimmer teilte er mit einem stumm dahindämmernden Herrn Marotzke.

„Dort wird sein Leben nun in die Länge gezogen", klagte meine Mutter. „Und auf wessen Kosten? Auf seine eigenen Kosten! Noch hat er Geld!"

Im Wahn, er könne nach ein paar Wochen das Heim verlassen, weigerte der Onkel sich zu allem Überfluss, seine teure Wohnung zu kündigen. Wenn wir ihn besuchten, lag er stets in wächserner Starre und stierte an die Zimmerdecke. Doch sobald er uns wahrnahm, belebten sich seine Züge. Er begann wieder zu reden. Nach einigen Monaten ereiferte er sich sogar beinahe wie früher, noch unverständlicher zwar als damals, doch brachte er es sogar fertig, mit den Armen zu fuchteln und Telefon und Saftglas vom Nachttisch zu fegen.

Es war ein Jammer mit anzusehen, dass er nun unserem Einfluss entzogen war und sich dabei noch erholte. Wir machten uns Vorwürfe, dass wir nicht eher etwas getan hatten.
„Man hat einfach nicht die Zeit“, sagte meine Mutter, „sich so um die alten Menschen zu kümmern, wie es nötig wäre.“
Im Herbst bekam der Onkel einen Rollstuhl, der teurer war als ein Kleinwagen und den er ebenfalls selbst bezahlte. An sonnigen Tagen mussten wir ihn nun über die ebenen Wege des Kurparks schieben. Es schien in dem ganzen Ort weder Hügel noch Treppen zu geben, und sogar die flachsten Teiche waren von unüberwindlichen Mauern umgeben.
Onkel Joseph genoss die Luft und die Sonne und gewann auf gespenstische Weise an Vitalität. Durch unentzifferbare Ausrufe und herrisches Gestikulieren wies er die Richtung, in die er gefahren werden wollte. Meine Mutter hatte beobachtet, dass er sogar im Schlaf mit den Armen fuchtelte.
Meine Kusine war es, die auf die wunderbare Idee kam, ihm zum ersten Advent eine Kerze mitzubringen, auf dass er ein Licht habe in dieser dunklen Zeit. Der Onkel hasste Weihnachten. Er hasste auch die Lieder, die wir ihm sangen, während seinem stummen Zim-

mergenossen Marotzke Tränen der Rührung in die Augen traten.
Ich bin sicher, Onkel Joseph hasste auch die Kerze, die wir ihm auf dem Nachttisch aufstellten. Bevor wir uns verabschiedeten, zündeten wir sie an. Um ganz ehrlich zu sein, war ich es, der sie anzündete. Meine Kusine aber war es, die sagte: „Du solltest jetzt ein wenig schlafen, Joseph." Und dabei betrachtete sie die langen Ärmel seines Nachthemdes.
Wir wanderten zurück durch den langen Gang mit den verschlossenen Türen, hinter denen sich nichts regte, vorbei am Zimmer der Nachtschwester, die uns hinter der Scheibe nicht einmal wahrnahm. „Man soll ja ins Licht gehen, wenn man stirbt", sagte mein Vetter, der sich viel mit Grenzerfahrungen und Nahtod-Forschung beschäftigt hat.
Als wir uns unten vor dem Haus umdrehten, war es mir, als sähe ich bereits den Schein des Feuers im Fenster. Wir fuhren schnell heim, um unsere eigene kleine Adventsfeier im Kreis der Erbengemeinschaft zu halten.
Am späten Abend rief meine Mutter im Pflegeheim an. Doch weder auf der Station noch im Zimmer unseres Onkels nahm jemand ab. Meine Mutter nickte vielsagend. Wir verbrachten die Nacht in schlafloser Unruhe.

Am Vormittag ereilte uns die schreckliche Nachricht. Bei einem Fluchtversuch mit dem Rollstuhl habe unser Onkel eine Kerze umgestoßen, die neben seinem Bett brannte. Das sofort ausgebrochene Feuer sei zwar von der Sprinkleranlage gelöscht worden. Doch für einen der Heimbewohner sei jede Rettung zu spät gekommen.

Den ganzen Tag saßen wir bedrückt und wortlos beisammen. „Eigentlich“, sagte meine Mutter, „müsste die Familie Marotzke uns etwas abgeben von ihrem Erbe.“

Aber den Gedanken, die Familie anzusprechen, haben wir schnell wieder fallen gelassen. Das ist acht Jahre her. Doch noch heute stellen wir uns immer wieder vor, wie die Marotzkes in Saus und Braus leben, und zwar dank unserer Fürsorge, während Onkel Joseph längst zum Sozialfall geworden ist und uns mit seiner Unsterblichkeit langsam und unwiderstehlich in den Ruin treibt.

Quellenverzeichnis

Dietmar Bittrich: Die Unsterblichkeit,
aus: Dietmar Bittrich (Hrsg.):
Weihnachten mit der buckligen Verwandschaft.
© 2016 Rowohlt Verlag GmbH, Hamburg

Gitta Edelmann: Winterweihnachtstraum.
© bei der Autorin

Ulrich Knellwolf: Drei Könige ihrer Branche,
aus: Ulrich Knellwolf:
Der liebe Gott geht auf Reisen. Weihnachtsgeschichten.
© 2004 Nagel & Kimche in der MG Medien Verlags GmbH, Haar

Regine Kölpin: Dornröschen starb anders.
© bei der Autorin

Tatjana Kruse: Weihnachtswünsche werden wahr!,
aus: Tatjana Kruse: Tannenduft mit Todesfolge.
Kein bisschen besinnliche Weihnachtskrimis.
© 2019 Haymon Verlag, Innsbruck

GESUCHT!
Nordpolizei
2412
W. Engel
Nordpolizei

MANFRED WESTER

MEINE INSEL GLÜCK

Entdeckungen in Irland

Eschbach

Bibliografische Information der Deutschen Bibliothek:
Die Deutsche Bibliothek verzeichnet diese Publikation in der deutschen Nationalbibliographie; detaillierte bibliografische Daten sind im Internet über http://dnb.ddb.de abrufbar.

ISBN 3-88671-570-1

Im Alten Rathaus / Hauptstr. 37
D-79427 Eschbach / Markgräflerland

www.verlag-am-eschbach.de

Gestaltung: Finken & Bumiller, Stuttgart
Satz und Repros: Schwabenverlag Media der Schwabenverlag AG, Ostfildern-Ruit
Druck: Süddeutsche Verlagsgesellschaft Ulm
Verarbeitung: Großbuchbinderei Spinner, Ottersweier

Inhalt

Irischen Traditionen auf der Spur

Es waren ein paar Zufälle, die mich auf die Spur irischer Segenswünsche brachten. In einer englischen Flughafenbuchhandlung blätterte ich in einem Bildband – und da stand unter einem Bild: »Sonnenschein leuchte dir und erwärme dein Herz, bis es zu glühen beginnt wie ein großes Torffeuer – und der Fremde tritt näher, um sich daran zu wärmen.« Ich schrieb mir den ganzen Text auf und hatte meinen ersten irischen Segenswunsch. Wenige Monate später schenkte mir jemand zum Abschied eine englische Spruchkarte: »Möge dein Weg dir freundlich entgegenkommen...« – ein irischer Reisesegen. Und dann kam Weihnachten und in der Weihnachtspost auch ein irischer Spruch: »Nicht dass von jedem Leid verschont du mögest bleiben...«. Es gab da offenbar eine alte Tradition, von der ich bisher nichts kannte.
Ich hoffte auf mehr; denn in diesen drei Texten spürte ich eine neue Klangfarbe meines Glaubens, ahnte darin eine Lebenskunst, eine das Herz erwärmende Liebe zum Leben.
Ich hoffte auf mehr und suchte doch lange vergeblich. Gelegentlich eine Postkarte oder ein in Irland bedrucktes Leinentuch bei Freunden an der Küchenwand – das schien alles zu sein. Selbst eine Reise durch Irland brachte außer den Sprüchen von ein paar Wandtellern in Bauernstuben und einigen Tischgebeten kaum Neues hinzu. Wo ich mit Bauern der Westküste sprach, stieß ich wohl noch auf alltägliche Gewohnheiten, einander zu segnen – oder des Nachbarn Herden und Weiden zum Beispiel. Aber von den Worten, die dazu gehörten, ließen sich nur noch Bruchstücke erfragen – freilich Bruchstücke, von denen einige genau zu den Sprüchen gehörten, die ich inzwischen in ihrem ganzen Wortlaut kannte.

Dann kam ich dahinter, dass der Wortlaut all dessen, was ich als eine reiche und vom Alltag erfüllte Tradition ahnte und suchte, fast nur noch in der wissenschaftlichen Literatur über Irlands Kulturgeschichte aufbewahrt ist, in gälischer Sprache und in spröden englischen Übersetzungen. Obwohl es doch noch vor einigen Jahrzehnten in den entlegeneren Gegenden der irisch-keltischen Inselwelt lebendige mündlich tradierte Gewohnheit gewesen war! Um die Jahrhundertwende sammelte Alexander Carmichael ihre Reste, indem er die alten Bäuerinnen und Bauern der Hebriden nach ihrem täglichen Leben fragte.

Was er von diesen täglichen Gewohnheiten berichtet, macht mir deutlich, dass diese Gebete viel mehr sind als tradierbare Texte. Das ganze Leben ist ein Gebet – selbst bei dem noch, der vielleicht gar nicht mehr beten kann oder will. Es beginnt nicht erst dort, wo wir Worte machen und es endet nicht dort, wo wir keine Worte mehr finden. So wie das Leben unendlich viel mehr ist als das, was sich in Worte fassen lässt. »Ein irischer Atheist ist einer, der zu Gott hofft, er könne doch noch an ihn glauben« heißt es bei James Joyce.

Deswegen gehören zu den hier gesammelten Texten auch die Bilder der Landschaft und einige Einblicke in die Geschichte seiner Menschen dazu. Alles zusammen macht das einmalige Leben hinter diesen Texten aus. Irland ist das einzige Land Europas, in das der christliche Glaube nicht im Gefolge der Römer kam, das einzige Land, in dem er sich in einer direkten Begegnung mit keltischer Kultur und Religion entfalten konnte, anders entfalten konnte, als unter dem zwingenden System römisch-griechischer Weltanschauungen und Philosophie. Irland ist das einzige Land Nordeuropas, in dem dieser

Übergang zum Christenglauben friedlich und in gegenseitiger Offenheit geschah: Kein Kampf zwischen Christen und Heiden! Und daraus wuchs eine Frömmigkeit, die sich unter der Decke späterer Zähmung durch die Römische Kirche im Volk und in seinen Lebensgewohnheiten bis in unser Jahrhundert erhalten hat, immer wieder auch als heidnisch verdächtigt (wie es zum Beispiel Bonifatius tat).

Darum stehen in dieser Sammlung von Gebeten und Sprüchen uralte Mönchstexte neben zeitlos gewordenen Alltagsritualen und neben ihnen volkstümlich gestaltete Texte aus jüngerer Zeit – alle zusammen Spuren jenes Lebens, das als Ganzes ein Gebet war und ist.

Diese Gebete sind nicht nur Texte oder Sprüche. Das ganze Leben steht hinter ihnen. So sind sie Ausdruck für ein Leben mit Gott – und Leben ist immer unendlich viel mehr als das, was sich in Worte fassen lässt.

Das ganze Leben ist ein Gebet, bis tief in die Schichten unseres Fühlens, in die Bilder unserer Seele hinein. Die Art, wie ich mit meinen Augen sehe, mit meinen Ohren höre, das Vertrauen, das ich spüre und meine Angst; die Lebenseinstellung, zu der sich meine Erfahrungen zusammenfügen, und der noch tiefer in mir liegende Widerspruch zu solcher gewonnenen Lebenserkenntnis; die Ahnung, dass das Leben anders, ganz anders ist oder sein könnte – all das sind meine Gebete, längst bevor ich bete, und bleiben meine Gebete noch lange, wenn ich meine, ich bete nicht mehr.

Eine Frömmigkeit wie dieses keltische Christentum, das von Anfang an nur mit dem Verstand und höchstens dem halben Herzen von der Römischen Kirche die Vorstellung übernahm, das Himmelreich sei im Jenseits zu suchen und diese Erde sei eine von Grund auf verlorene Welt – eine solche Frömmigkeit konnte in seinen Alltagsgewohnheiten eine Liebe zur Schöpfung und eine Fürsorge für sie bewahren, einen Segen in ihr entdecken, der uns heute wie eine Offenbarung trifft.

Diese Frömmigkeit trifft bei uns heute auf die unruhige Frage, ob wir in unserer Beziehung zur Schöpfung und zur Natur nicht in der Vergangenheit gänzlich verkehrt gelaufen sind und ob das nicht so tief in all unseren Lebensformen sitzt, dass nur ein neues Gebet, das zu unserem ganzen Leben wird, uns und die Erde wird retten können. Kann man diese Gebete nur mit nostalgischer Sehnsucht nach dem einfachen Leben lesen? Soll man sie lesen und denken: »Das waren glückliche Menschen, aber in die Kompliziertheit unseres Lebens passt das nicht mehr!«

Wer dem Leben hinter den Texten nachgeht, der entdeckt mehr: Was uns in ihnen als Spur eines glücklichen Lebens begegnet, das war das Ergebnis einer fortwährenden, täglichen Einübung des Glücks. Diese keltischen Christen lehrten sich und ihre Kinder, fast unausgesetzt sich Gott zuzuwenden, seine Gegenwart einzuüben, seine Schöpfung mit seinen Augen zu sehen, die Dinge als seine Gabe zu nehmen, ihm in den Mitmenschen zu begegnen. Die große Übung, uns einfach Gott zuzuwenden, unausgesetzt, in allem. Eine Übung wie das tägliche Staubwischen, um der Schöpfung ihren Glanz zu bewahren und glücklich in ihr zu sein.

I Das ganze Leben ein Gebet

Rune vor dem Beten

Ich beuge meine Knie
im Angesicht des Vaters, der mich erschuf,
im Angesicht des Sohnes, dessen Eigen ich bin,
im Angesicht des Geistes, der in mir aufräumt,
in Freundschaft und Zuneigung.

Schütte über uns Fülle aus,
o Gott, durch deinen Gesalbten,
dort, wo wir im Mangel sind:

Liebe zu Gott,
Zuneigung von Gott,
Gottes Lächeln,
Gottes Weisheit,
Gottes Gütigkeit,
Gottesfurcht
und Gottes Willen,

damit wir ihn auf der Erde des Dreieinigen tun,
wie die Heiligen und die Engel im Himmel –

im Schatten und Licht,
bei Tag und bei Nacht,
beständig und freundlich –
gib du uns deinen Geist,
Du.

Die alten Leute auf den Inseln singen dieses oder ein anderes kurzes Lied, bevor sie beten. Manchmal stimmen sie Lied und Gebet als tiefe, schwingende, unendliche Kadenz an, wie das Wogen und Stöhnen, das Rauschen und Seufzen des immertönenden Meeres an ihren eigenen wilden Stränden.
Sie ziehen sich dazu gewöhnlich in eine Kammer zurück, in ein Nebengebäude, den Windschatten eines Hügels oder in ein schützendes Tal, wo sie von keinem Menschen gesehen oder gehört werden können.
Ich habe Männer und Frauen kennen gelernt, achtzig, neunzig und hundert Jahre alt, die immer noch ihrer Gewohnheit folgend ein bis zwei Meilen zum Strand gingen, um dort ihre Stimmen in die Stimme der Wellen zu mischen und ihre Loblieder in die endlosen Loblieder des Meeres.

Alexander Carmichael

Morgengebet

Dir will ich danken, Gott,
weil ich mich wieder erhebe –
dir, dem erwachenden Leben selbst.

Möge alles, was lebt,
deine Herrlichkeit und meine Seele
aufleuchten lassen,
du Gott aller Gaben,
dich und mich!

O großer Gott, hilf meiner Seele
mit dem Schutz deiner Barmherzigkeit.
So wie ich meinen Leib in dies Wollkleid hülle,
so hülle mit dem Schatten deiner Flügel
auch meine Seele ein.

Hilf mir, alle Sünde zu meiden
schon dort, wo sie entspringt –
und wie der Frühnebel auf den Hügeln dort schwindet,
schwinde alle böse Umnachtung aus meiner Seele,
o Gott.

Die Frau erzählte mir:

Meine Mutter war immer bei der Arbeit, sie half Vater tagsüber auf dem Feld und abends saß sie beim Spinnen und Weben: Tag und Nacht – Kleidung für die ganze Familie!
Sie pflegte uns geradezu anzuflehen, wir sollten vorsichtig mit allem sein, mit unserer Zeit sorgsam umgehen und Trägheit meiden. Wenn wir beim Anziehen morgens trödelten und uns deswegen mit dem Gebet entschuldigten, das wir dabei sprachen, dann sagte sie: »Gott sieht das Herz an, nicht die Worte – die Gedanken, nicht das Gehabe!« und sie sagte uns, wir sollten unsere Seele mit Gnade kleiden, so wie wir unseren Leib in die Kleider hüllten.
Meine Mutter lehrte uns, worum wir im Gebet bitten sollten, so wie sie es von ihrer Mutter gehört hatte und die wieder von ihren Vorfahren. Sie bat uns immer, Gott unser Morgenlied zu singen, so wie Marias Lerche es hoch in den Wolken sang und Christi Singdrossel unten im Gesträuch – dem Gott aller Geschöpfe die Ehre zu geben für die Ruhe der Nacht, das Licht des Tages und das Glück des Lebens. Dann erzählte sie uns, wie jedes Geschöpf hier auf der Erde und im Ozean draußen und in der Luft über uns dem großen Gott aller Kreaturen und Welten, aller Kräfte und allen Segens die Ehre gibt – und wir waren sprachlos vor Staunen.

Alexander Carmichael

Bei Sonnenaufgang

Das Auge des großen Gottes,
das Auge der Herrlichkeit,
das Auge des Königs aller Mächte,
das Auge des Königs über allem, was lebt –

es strahlt über uns auf
jeden Tag, jedes Jahr.
Es strahlt über uns auf
zärtlich, in Fülle.

Ehre sei dir, glanzvolle Sonne!
Ehre dir, Sonne,
du Auge Gottes über allem, was lebt.

Alte Männer auf den Inseln ziehen noch heute ihre Mütze vom Kopf, wenn sie morgens die Sonne heraufkommen sehen, und summen ein Lied, das aber nur schwer aufzufangen und von ihnen zu erfragen ist. Dieses Fragment stammt von einem 99jährigen Mann am Südende von South Uist und von einem anderen in Mingulay, einer der Äußeren Inseln von Barra.

Alexander Carmichael

Jeden Tag

Lass mich jeden Tag meine Worte an deiner Rechtlichkeit messen,
jeden Tag lass mich deine Mäßigung zeigen, o Gott.

Lass mich jeden Tag meine Worte an deiner Weisheit messen,
jeden Tag, jede Nacht lass mich im Frieden leben mit dir.

Jeden Tag lass mich den Ursprung deiner Gnade ergründen,
lass mich jeden Tag Acht geben auf dein schützendes Recht.

Jeden Tag lass mich dir ein Lied dichten,
lass mich jeden Tag zu deinem Lob spielen, o Gott.

Lass mich jeden Tag dir meine Zuneigung schenken, o Jesus,
und jede Nacht lass mich das Gleiche tun.

Jeden Tag, jede Nacht, im Dunkel und Licht,
lass mich preisen, wie gut du mir bist, o mein Gott.

Segen fürs Feuermachen

Ich zünde heute Morgen mein Feuer an
in Gegenwart der heiligen Engel des Himmels:
in Gegenwart Ariels mit seiner strahlenden Schönheit,
in Gegenwart Uriels mit seiner unzähligen Funken Glanz.
Ich zünde es an ohne böse Gedanken und Neid,
ohne Eifersucht, ohne Furcht
oder Entsetzen über etwas, das lebt unter der Sonne –
nur mit dem Wunsch, Gottes heiliger Sohn möge mich schützen.
Ohne böse Gedanken und Neid,
ohne Eifersucht, ohne Furcht
oder Entsetzen über etwas, das lebt unter der Sonne –
nur mit dem Wunsch, Gottes heiliger Sohn möge mich schützen.

Gott, zünde du innen in meinem Herzen die Flamme an:
Liebe zu meinem Nachbarn,
zu Feinden und Freunden, meinen Verwandten,
zu den Tapferen und zu den Schurken und Sklaven.

Du Sohn von Maria, der Schönsten:
Liebe vom geringsten Geschöpf
bis zum höchsten Namen vor allen!
Du Sohn von Maria, der Schönsten:
Liebe vom geringsten Geschöpf
bis zum höchsten Namen vor allen!

Das Feueranzünden ist für die Arbeit der Hausfrau von großer Bedeutung. Wenn sie morgens das Feuer »weckt«, betet die Frau leise murmelnd, das Feuer möge ihr und ihren Hausgenossen gesegnet sein und zur Ehre Gottes brennen, der das Feuer erschuf. Die Leute betrachten das Feuer als ein Wunder göttlicher Kraft, ihnen zum Nutzen geschaffen – ihren Körper zu wärmen, wenn sie frieren, ihr Essen zu kochen, wenn sie hungrig sind, und sie daran zu erinnern, dass auch sie, wie das Feuer, ständige Erneuerung für Körper und Seele brauchen.

Alexander Carmichael

Gebet in der Küche

Bei Mrs. Doherty in einem kleinen Bauernhaus
an der Küste der Burren
fand ich in der Küche dieses Gebet:

Ich lieb' meine kleine Küche, Herr,
und jeden Winkel und Topf.
Drum segne mich und all mein Tun,
wenn ich Schüsseln wasche und koch.

Die Mahlzeit hier auf meinem Herd
würze von oben her
mit Segen und mit Freundlichkeit
und vor allem mit Liebe von dir.

Die Nahrung, die die Erde gibt,
der Tisch, den du uns deckst –
wir denken dran und danken dir
für unser täglich Brot.

Hier, meine kleine Küche, Herr,
und alle, die treten ein –
sie mögen immer ein frohes Herz
und Frieden drin finden und Glück.

Tischgebet

Danke, Gott, für die schöne Welt,
für dies Essen, auf unsern Tisch gestellt;
Danke für die Vögel und ihren Gesang.
Danke für alles, ein Leben lang.

Dank für Gesundheit

Es war für Jesus so leicht,
einen verdorrten Baum zu erneuern,
so leicht, wie er den grünen verdorren ließ,
gerade so, wie er wollte.
O Jesus! Jesus! Jesus!
Jesus, es ist recht, ihn zu loben.

Da ist keine Pflanze, die wächst,
die nicht reich wäre an seinen Kräften,
es gibt am Strand keine Dinge,
die nicht voll Segen wären von ihm.
O Jesus! Jesus! Jesus!
Jesus, es ist recht ihn zu loben.

Da ist kein Leben im Meer,
kein Geschöpf ist da in den Flüssen,
da ist auch nichts unter dem Himmel,
das nicht seine Güte verspricht.
O Jesus! Jesus! Jesus!
Jesus, es ist recht, ihn zu loben.

Da ist kein Vogel im Flug,
kein Stern ist oben am Himmel,
nichts gibt es unter der Sonne,
das nicht seine Güte verspricht.
O Jesus! Jesus! Jesus!
Jesus, es ist recht, ihn zu loben.

Die mir dieses Gedicht sagte, erzählte mir, eine Frau in Harris habe es gemacht. Sie war an Lepra erkrankt, aus der Gemeinschaft ausgeschlossen worden und hatte allein an der Küste gelebt, wo sie sich von den Pflanzen der Wiesen ernährte und vom Schellfisch am Strand. Man sagt, alle ihre Geschwüre seien davon heil und sie wieder gesund geworden.

ALEXANDER CARMICHAEL

Reisesegen

Gott segne mir die Erde, auf der ich jetzt stehe.
Gott segne mir den Weg, auf den ich jetzt gehe.
Gott segne mir das Ziel, für das ich jetzt lebe.

Du Immerdar und Immerdar,
segne mich auch, wenn ich raste.

Segne mir das, was mein Wille sucht,
segne mir das, was meine Liebe braucht,
segne mir das, worauf meine Hoffnung ruht.

Du König der Könige
segne mir meinen Blick.

Dugall MacAulay, ein Kätner (Kleinbauer) aus Hacliet/Benbecula, sagte mir, er spräche dieses kleine Gebet immer, flüstere es jedes Mal, wenn er auf einen Weg geht – wie kurz er auch sein mag und wie gering der Anlass auch ist.
Er lernte es von seiner Mutter und deren Schwester, die mit seiner Mutter zusammenlebte.

Alexander Carmichael

Segen für die Jagd

Aus meinen Lenden gezeugt bist du, mein Sohn,
lass mich dich also auch den Weg, den richtigen, führen:
im Namen der heiligen Apostel, der elf,
im Namen des Gottessohnes, auch verletzt von dir;

im Namen von Jakobus, Peter und Paul,
Johannes dem Täufer, dem Apostel Johannes auch,
Lukas, dem Arzt, und Stephanus, dem Märtyrer,
der schönen Muriel und Maria, der Mutter des Lamms.

Zu der Zeit, wo man seine Augen schließt,
sollst du nicht aufbrechen und das Knie zur Jagd beugen,
sollst die Ente, solange sie schwimmt, nicht verwunden
und nie jagen, wenn die Jungen noch um sie sind.

Dem weißen Schwan mit seinem zarten Hals,
dem gesprenkelten Falken in seinem braunen Gefieder –
nicht eine Feder auf ihrem Rücken sollst du verletzen
bis zum Jüngsten Tag, solange die Welle sie trägt.

Erst im Flug sollen sie sein,
wenn du den Pfeil hebst zu deinem Auge –
und Maria, die Schöne, schenkt ihre Liebe dir
und die liebliche Brigit gibt dir von ihren Kuhherden.

Keinen verendeten Fisch oder verendetes Fleisch sollst du essen
und keinen Vogel, wenn ihn nicht deine eigene Hand
aus den Lüften herunterholt.
Nimm dann den einen mit Dank,
auch wenn neun vor deinen Augen dort schwimmen.

Der schöne Schwan von Brigit,
der Beschützerin der Herden.
Die schöne Ente Marias,
die den Frieden beschützt.

Ein junger Mann wurde, bevor er zur Jagd auszog, eingesegnet. Öl wurde auf sein Haupt gegossen, den Bogen gab man ihm in die Hand und forderte ihn auf, mit bloßen Füßen auf graslosen Boden zu treten. Diese Weihe war der eines Richters oder Häuptlings oder des Königs verwandt, wenn man sie in ihr Amt einsetzte.
Viele Bedingungen legte man dem jungen Mann auf und forderte ihn auf, sie sein Leben lang zu beachten, um nie mutwillig Leben zu töten.

ALEXANDER CARMICHAEL

Gebet auf See

Ehre sei dir, o du Gott des Lebens,
für den Mond, die Leuchte des Ozeans,
wie er mich führt.

Deine Hand lenke mein Ruder
und deine Liebe bewege die Wellen mir.
Ich liebe sie, die Leuchte des Mondes,
der Gott des Lebens zündet sie für mich an.

Gib mir einen guten Willen
für jedes Geschöpf, das du schufst.

Mein Gebet heilige alles, was dir heilig ist, Gott.
Mein Herz sorge sich um alles, so wie du, Gott, alles liebst.

Mein Leben an Land heilige alles, was dir heilig ist, Gott.
Mein Wille auf See lenke alles, wie du es lenkst.

Meine Hoffnung auf den Höhen des Lebens
wünsche sich, was du wünschst.
Meinem Willen in den Tiefen des Leides
genüge, was dir genügt.

Vor dem Einschlafen

Ich geh' nun hinüber in meinen Schlaf.
Lass mich gesund wieder daraus erwachen.
Und wenn es der Schlaf des Todes wird,
lass mich in deinen eigenen Armen,
o Gott der Gnaden, im Frieden aufwachen.
Lass mich in deinen eigenen Armen,
o Gott der Gnaden, im Frieden aufwachen.

Meine Seele zu deiner rechten Hand
lass sein, du König aller Himmel und Himmel.
Du hast dein Leben für mich gegeben,
gib mir diese Nacht auch ein behütetes Leben,
lass kein Leid und Not mir begegnen.

Während mein Leib im Schlafe wohnt,
gleitet meine Seele in den Schatten des Himmels.
Michaels rot weißer Mantel möge ihr dort begegnen,
früh und spät, Tag und Nacht,
früh und spät, Tag und Nacht.

Unter den Sternen

Sieh den, der die Sterne entflammt
über den Kämmen der Wolkenberge.
Sieh diese Chöre des Himmels an,
wie sie ihn loben.

Kommen herab mit Jubelgesang
von dem Vater dort oben.
Harfe und Lyra zu ihrem Gesang
für ihn erklingen.

Zuflucht meiner Liebe, du, o mein Christ,
soll ich deinen Ruhm nicht erheben?
Engel und Heilige lassen ihr Lied
dir klangvoll singen.

Du, der gnadenreichen Maria Sohn,
der Maria aller Reinheit und Schönheit,
voller Freude werkte ich heute im Feld
deiner Reichtümer.

Der, den ich liebe, du, o mein Christ,
o Christus vom heiligen Blute,
bei Tag und bei Nacht
preise ich dich.

II Keltisches Christentum – eine faszinierende Frömmigkeit

Nostalgische Sehnsucht?

Friede zwischen den Nachbarn.
Friede zwischen Verwandten,
Friede zwischen den Liebenden,
wie der König des Lebens liebt.

Friede zwischen Mensch und Mensch.
Friede zwischen Frau und Mann,
Friede zwischen Mutter und Kindern,
der Friede Christi, größer als all' unser Friede.

Diese Gebete aus dem Alltag kleiner Bauern und Fischer berühren eine Sehnsucht in mir nach einem Leben, das überschaubar ist, in dem die Dinge, mit denen wir umgehen, eine Seele bekommen, in dem sie durchsichtig werden für die Kräfte, die uns tragen und die unserem Leben seinen Glanz geben können.
Wecken diese Gebete also eine Sehnsucht nach dem einfachen Leben? Nach einem Leben, in dem die täglichen Gewohnheiten wirklich eine Wohnung sind und nicht nur flüchtige Durchgangsstationen, durch die wir gedankenlos hetzen auf der Suche – wonach? Gewohnheiten als eine Wohnung, in der alles mir sagt: »Dies ist für dich da! Darin kann das Leben gelingen. Das kommt von weit her und trägt dich weit hin in die Zukunft – dich und deine Kinder. Darauf ist Verlass.«
Sind diese Gebete Ausdruck von Schönheit und Frieden einer ländlichen Idylle? Ich weiß: So wird das Leben nie sein. Aber so ist es auch nie gewesen. Diese alten Gebete wuchsen nicht auf dem Boden einer ländlichen Idylle. Sie säten sich immer wieder aus von Generation zu Generation.

Auf den irischen Inseln und Hebriden gab es nie eine solche idyllische Zeit. Da gab es raues Klima, ärmliches Land. Fremdherrschaft gab es da durch Wikinger und Normannen, Fremdherrschaft der Engländer und Vertreibung vom armen Land auf immer kärgere Böden, immer weiter in die trostlosen Weiten der Inseln hinein. Und auch Hungersnöte gab es und Auswanderungen von Söhnen und Töchtern, die die heimatliche Erde nicht mehr ernährte, zwangsweise Einführung des protestantischen Christentums, zwangsweise Zeit der Aufklärung und der Vernichtung aller uralten Traditionen.
Zeiten ländlicher Idylle waren das nie. Resignation, Bitterkeit und ein unergründlich trauriger Humor wuchsen genauso unter solchen Lebensbedingungen wie die unergründliche Frömmigkeit dieser Gebete. Man kann darum nur über sie staunen und eine Kraft in ihnen vermuten, die größer war als das Leid und voller Liebe selbst noch zu diesem Leben. Seit die Inselkelten im 5. Jahrhundert den Christenglauben zu leben begannen, wuchsen solche Gebete aus diesem dürftigen Boden auf, voller Freude an der Schönheit der Erde, frei von der Jagd nach dem Habenwollen und empfänglich für das einfache Geschenk des Seins. Gebete von Menschen, die ihre Seele nur mit so viel Dingen umgeben, wie sie verkraften können, um ihnen eine Seele zu geben.
Das ist erprobtes Leben und meine Sehnsucht danach ist keine nostalgische Träumerei von einer ländlichen Idylle. Sie ist die Ahnung von einer Lebensmöglichkeit, die zu allen Zeiten besteht und die für uns heute eine letzte Chance sein könnte.

In Gott wohnen

Warum nach Rom?
Groß die Mühe, klein der Lohn.
Du findest den König dort nicht,
den du suchst, es sei denn,
er kommt mit dir hin.

Ein hartnäckiges Missverständnis unseres christlichen Glaubens ist in seiner zweitausendjährigen Geschichte leider immer wieder seine Neigung zur Weltverachtung und Weltflucht gewesen, obwohl sein Grundton doch eigentlich sein soll, dass Gott diese Welt liebt.
Der Grund für dieses Missverständnis liegt vor allem darin, dass dieser Glaube sich zuerst auf dem Boden der heidnisch-hellenistischen Kultur des Römischen Weltreiches entfaltete, und diese Kultur war von solcher Weltverachtung bis tief ins alltägliche Denken hinein geprägt. Was Altes und Neues Testament als böse Erfahrungen mit dieser Welt aussprechen und doch mit der Verheißung einer Erneuerung dieser Welt verbinden, das übersetzt römisch-hellenistisches Denken in die Vorstellung von einem verderbten Diesseits und einem besseren Jenseits, von einem sterblichen, versuchlichen Leib und einer reinen, unsterblichen Seele. Darum also die Vorstellung von Weltflucht, um die Seele zu retten – und von einem Christus, der sie von der Welt und dem Leib erlöst.
Überall fand das sich ausbreitende Christentum dieses heidnisch-hellenistisch geprägte Weltbild schon vor und konnte sich ihm nicht mehr entziehen. Nur die keltischen Inseln westlich von England waren davon unberührt. Hier begegneten die einwandernden Christen einer anderen Einstellung zur gegenwärtigen Welt und ihrer Schönheit. Hier konnten

sich die biblischen Elemente des christlichen Glaubens anders entfalten. Gott wurde in allem gesehen – im Menschen, in der Blume und im Feld, in Freude und Schmerz. Das Bewusstsein der Kelten von Gottes Gegenwart und Macht war so stark, weil sie Gott in allem sahen, ihm durch alles dienten, sich ihm in allem, was sie taten, zuwandten mit der Bitte um Hilfe und Begleitung.

Diese Frömmigkeit ist schon sehr bald von der Römischen Kirche mit Argwohn betrachtet und später als Ketzerei verfolgt worden. Sie hat sich in der Volksfrömmigkeit und ihren Gebeten erhalten. Heute beginnen wir zu ahnen, wie die Einflüsse hellenistischer Weltverachtung schon seit dem Urchristentum dazu geführt haben, dass wir diese Erde kaum noch als Gottes Schöpfung ansehen und sie so der Ausbeutung und Zerstörung preisgeben konnten.

Heute beginnen wir zu ahnen, dass die keltischen Christen mit ihrem Bewusstsein von der Gegenwart Gottes in allem keine Ketzer waren, sondern uns einen Lebensstil lehren können, der uns wieder zu Bewahrern von Gottes herrlicher Schöpfung macht.

Das ganze Leben ein Gottesdienst

Segne, o Christus, mein Angesicht,
lass mein Angesicht alle segnen.
Segne, o Christus, mein Auge,
lass mein Auge segnen, was immer es sieht.

Als das Christentum im 5. Jahrhundert zu den Iren kam, kam es sozusagen in einen neuen und fremden Kulturkreis. In Palästina, wo es entstand, in Griechenland und Rom, in den römischen Provinzen Frankreichs und Spaniens, auch in England, überall hatte die römische Kultur sich vorher ausgebreitet und mit ihrer Zivilisation, ihren Straßen und Stadtgründungen, ihrer Verwaltung alles menschliche Leben gründlich verändert.
Bei der Kultur der Iren war das anders. Hier traf der christliche Glaube auf eine ungestörte Stammeskultur, in vielem dem Lebensverständnis Israels aus der Frühzeit des Alten Testaments sehr verwandt. In einer Landschaft ohne feste Städte und breite Straßen lebten die Menschen hier in ihren angestammten Gebieten, im Zyklus des Jahres und in der Natur viel fester verwurzelt als in den Organisationsformen eines Staatswesens. Ihre Könige waren Bauern wie alle anderen auch.
Die gewohnten Lebensformen der christlichen Kirche des römischen Kontinents ließen sich auf diese völlig ungewohnten Verhältnisse kaum übertragen. Wo es keine Hauptstädte und Provinzstädte gab, konnte sich zum Beispiel schlecht eine kirchliche Hierarchie mit Erzbischöfen, Bischöfen und Pfarreien entwickeln. Auch wo man sie später dennoch zu errichten versuchte, setzte sie sich nur schwer durch: In Anlehnung an die Stammeskultur hatten sich inzwischen andere Formen christlicher Gemeinschaft entwickelt, den Anfängen der palästinensischen und paulinischen Urgemeinden ohne Ämterkirche in vielem verwandter als der Kirche von Rom mit ihrer Lehr- und Amtsautorität.
Zentren dieser christlichen Lebensformen waren in Irland nicht Kathedralen, sondern die Zellen von Mönchen (später auch Klöster), über das unwegsame Land verstreut an Flussufern, auf Inseln oder auf Bergen.

Ähnlich den Druiden, den keltischen Weisen, waren diese Einsiedler und Mönche zu Trägern des lebenswichtigen Wissens geworden. Zu ihnen ging man und im Übrigen lebte man im Stamm und hütete seine Herde, bestellte die Äcker und ging fischen und auf die Jagd. Nicht in der Lage, auf leichten Wegen in die Kirche zu kommen, brachten die Kelten ihre Kirche in ihr alltägliches Leben hinein. Aus dieser Lebensweise entstand eine Alltagsfrömmigkeit, getragen von den Erfahrungen selbständiger Laienchristen.

Dieser besondere Akzent hat sich auch in der späteren römisch-katholischen Zeit und durch die Jahrhunderte hin in der irischen Frömmigkeit erhalten: Das ganze Leben ist ein Gottesdienst und das Beten so in ihr Leben verflochten, dass es beinahe unmöglich ist, Arbeit und Gottesdienst voneinander zu trennen.

»Wenn morgens die Sonne aufging, zogen die Leute ihre Mütze vom Kopf und beteten. Wenn die Frauen ihr Feuer anzündeten, beteten sie, und wenn sich die Kinder morgens anzogen, beteten sie. Es gab Gebete für den Beginn der Arbeit und den Beginn einer Reise, für das Viehhüten und das Weben, für Pflanzen, Ernten, Ausruhen, Schlafen und Sterben.« So lesen wir es in einer Untersuchung über die keltischen Gebete (Avery Brooke, Celtic prayers, the Seabury press).

Auf der Suche nach dem Paradies dieser Erde

Der kleine Vogel
pfeift sein Willkommen
mit einem Schnabel
strahlend gelb.

Kristallklarer Ruf
über den lieblichen Laigsee.

Schwarze Amsel
im gelbleuchtenden Strauch.

Aus den frühen Zeiten keltisch-irischen Christentums stammen Gedichte und Lieder, die eine so feine Empfindung für die Schönheit und Gewalt der Natur verraten, wie sie in der ganzen europäischen Literatur dieser Zeit einmalig ist. Das gilt für die geistliche Dichtung ebenso wie für die »weltliche«.
Mit einer fast fotografischen Genauigkeit sammeln ihre Verfasser die Eindrücke und setzen sie zu Bildern zusammen, in denen der Mensch oft gar nicht vorkommt, in denen er sich ganz ins Schauen und Staunen verliert. Man kann es kaum glauben, dass viele dieser Gedichte in Mönchszellen und Einsiedlerhütten entstanden sind, dort also, wo Menschen in strengster Askese lebten – an Orten, die wir nach den Traditionen unseres kontinentalen Christentums mit dem Bemühen um Weltflucht verbinden. Auf dem Boden des Keltentums wandelte sich das Gesicht dieser christlichen Askese offenbar. Auf ihren Eremiteninseln vor der Westküste und in den einsamen Tälern des Landes, wo sie ihre Einsiedeleien gegründet hatten, müssen diese Mönche in ihrer Entsagung gerade die Schönheit der Erde gespürt haben, neben aller Buße für ein verkehrtes, verfehltes Leben, aus dem sie geflohen waren und das sie doch täglich auch in der Einsamkeit in sich spürten und bekämpften.
Trotzdem die Schönheit der Erde und das Staunen über den Menschen, der das alles sehen, wahrnehmen und Gott dafür danken kann. Der gleiche Mensch – ein herrliches und bedrohliches Geschöpf!
Wie im Alten Testament lag das Paradies für sie nicht in einer anderen Welt, der Himmel nicht nur im Jenseits. Sie entdeckten Spuren davon überall um sich her – und es gab Eremiten, die mit ihren Booten aufbrachen, um das Paradies im Westen zu suchen: Auf einer Insel musste es sein – nicht unsere Welt und doch auf dieser Erde.

Vollkommene Zeit

Maitage – Wonnezeiten,
vollkommene Zeit im Jahr!
Das Lied der Amsel ist ihr Gedicht
beim zarten Morgenstrahl.

Unendlich ruft der Kuckuck
die köstliche Sommerzeit.
Zu Ende die beißenden Winde
im dicht verzweigten Wald.

Der Sommer schmälert die Bäche,
schnelle Pferde trinken daraus.
Heide, langhaariges Pelzwerk,
in dem zart das Wollgras blüht.

Der Hagedorn treibt seine Blüten.
Friedlicher Wellenschlag
scheint das Wasser in Schlaf zu wiegen.
Blüten bedecken die Welt.

Bienen mit winzigen Kräften
schleppen Blütenernten am Fuß.
Viehherden überziehen die Berge
mit üppigem Überfluss.

Musik summt in den Bäumen,
vollkommener Friede ihr Lied.
Aller Staub aus den Menschenhütten
schwimmt fort aus des Putzwassers Flut.

Heuschrecken zirpen in Chören.
Der hell singende Wasserfall
begrüßt uns beim linden Bade.
Ihm antwortet das Binsenkraut.

Schwalben durchjagen den Himmel,
um den Hügel schwebt Zaubermusik.
Prall wachsen im Wald die Früchte,
der Sumpf dehnt sich schweigend und horcht.

Moor, schwarz wie das Kleid der Raben.
Dreist gellt des Kuckucks Schrei.
Im Wasser springt die Forelle,
der Krieger spannt Muskel und Arm.

Dem Menschen wachsen die Kräfte,
er spürt all sein Leben neu.
Jedes Gehölz weiß sich zu schmücken.
Über die Wiesen weidet der Blick.

Eine Wonne, diese Tage des Jahres!
Der Zorn des Winters ist hin.
Leuchtende Wälder, saftige Wiesen.
Sommerfriede im Sinn.

Ein Vogelschwarm senkt sich nieder,
wo eine Frau den Boden pflügt.
In einer grünen Wiese
murmelt ein blitzender Bach.

Übermut wilder Pferde
schüttelt die Männer im Ritt.
An den blühenden Teichen
färbt sich die Iris in Gold.

Vor Scheu wagt man nicht, zu sprechen.
Doch der Kecke singt wohlgemut.
Er hat Recht, man muss ihn ausrufen,
diesen Maitag, die Wonnezeit.

III Vom Segen leben

Nicht Worte, sondern Leben

Segen –
in einer Kirche des »Wortes«
scheint er senkrecht vom Himmel zu kommen,
direkt in unsere Gedanken und in unser Herz,
als Segens-Wort.

Menschen, die mit ihrem ganzen Leben glauben,
mit Leib und Seele und mit Haut und Haar,
spüren ihn vielmehr auf
in allen Dingen, zwischen ihnen
und dann auch über alles hinaus:

Er ist im Frieden über dem weiten Land
und im sanft schmeichelnden Wind
und ist doch der Friede,
mit dem auch Christus uns segnet,
uns wärmt und löst für die Zuneigung zu ihm.

Der Fremde an meinem Tisch
und die Lerche über dem Dach,
alles, was mein Auge sieht,
und die Art, wie meine Augen es sehen –
ich bin von Segen umgeben,
ob ich es weiß oder nicht.

Und ich bitte Gott, dass ich es spüre,
wenn ich sage: Gott, segne mich!

Friedenswunsch

Den tiefen Frieden im Rauschen der Wellen,
den wünsche ich dir.

Den tiefen Frieden im schmeichelnden Wind,
den wünsche ich dir.

Den tiefen Frieden über dem stillen Land,
den wünsche ich dir.

Den tiefen Frieden unter den leuchtenden Sternen,
den wünsche ich dir.

Den tiefen Frieden vom Sohne des Friedens,
den wünsche ich dir.

Die Wirklichkeit ist mehr als alle Dinge

Segen hat offenbar etwas mit den Dingen um uns herum zu tun und kommt doch erst zu diesen Dingen dazu.
Segen, das ist die Fruchtbarkeit der Felder und Menschen – aber es ist noch viel mehr.
Sterbend haben unsere Vorfahren nicht nur ihr Erbe verteilt, sondern dazu ihren Segen weitergegeben.
Sie haben ihre Äcker bestellt, ihre Herden gehütet, sie haben all ihre Arbeiten mit den Dingen getan und haben Gott dazu noch um seinen Segen gebeten.

Ohne den Segen sind die Dinge nur Sachen, Material.
Aber die Wirklichkeit ist mehr als die Dinge, sie ist auch das, was zwischen den Dingen und Menschen ist, was darin und dahinter steckt: die Beziehung zu ihnen! Die Beziehung zu ihnen macht sie zum Segen oder zum Fluch.

Nicht die Dinge vermitteln den Segen, sondern die Art, wie sie empfangen und weitergegeben werden. Der Geber ist die eigentliche Gabe in allen Gaben.
Das Schenken und Empfangen des Geschenkes entscheidet erst über seinen Wert: der Wunsch, zu beschenken, und der Reichtum dankbarer Freude.

Wer segnet, der gibt diese Erfahrung weiter, die Fruchtbarkeit eines erfüllten, auch eines schweren Lebens: das, was der Sterbende weitergibt an seine Nachkommen, das materielle Erbe ebenso wie die eigene Erfahrung und Würde. Segen gibt das Leben weiter über den Abschied hinaus.

Die Wirklichkeit ist mehr als die Dinge. Sie ist auch das, was zwischen den Dingen und Menschen ist.
Dort, zwischen den Dingen und Menschen, zwischen den Menschen und Menschen, dort ist auch der Platz, den Gott für seine Gegenwart wählt.
Der Schöpfer ist mehr als der Macher.
Er bleibt zwischen mir und dem, was er geschaffen hat.
Das ist ein Segen.

Sonne, Regen und Erde

Segen sei mit dir, der Segen strahlenden Lichtes,
Licht um dich her und innen in deinem Herzen.
Sonnenschein leuchte dir und erwärme dein Herz,
bis es zu glühen beginnt wie ein großes Torffeuer –
und der Fremde tritt näher,
um sich daran zu wärmen.

Aus deinen Augen strahle gesegnetes Licht,
wie zwei Kerzen in den Fenstern eines Hauses,
die den Wanderer locken,
Schutz zu suchen dort drinnen
vor der stürmischen Nacht.

Wen du auch triffst,
wenn du über die Straße gehst –
ein freundlicher Blick von dir
möge ihn treffen.

Und der gesegnete Regen,
der köstliche, sanfte Regen
ströme auf dich herab.
Die kleinen Blumen mögen zu blühen beginnen
und ihren köstlichen Duft ausbreiten,
wo immer du gehst.

Der Segen der Erde,
der guten, der reichen Erde
sei für dich da.
Weich sei die Erde dir, wenn du auf ihr ruhst,
müde am Ende des Tages,
und leicht ruhe die Erde auf dir
am Ende des Lebens,
dass du sie schnell abschütteln kannst –
und auf und davon
auf deinem Wege zu Gott.

Bitte

Dass ich Gott immer im Kopf habe,
in allem, wie ich's verstehe:
Er wohne in meinen Augen
und in der Art, wie ich sehe.
Gott sei mir immer im Munde
und in dem, was ich sage.
Gott sei mir im Herzen,
wonach immer es frage.
Gott stehe für mich am Ende,
wenn ich mich von euch wende.

Friede zwischen den Menschen

Friede zwischen den Nachbarn.
Friede zwischen Verwandten,
Friede zwischen den Liebenden,
wie der König des Lebens liebt.

Friede zwischen Mensch und Mensch.
Friede zwischen Frau und Mann,
Friede zwischen Mutter und Kindern,
der Friede Christi, größer als all unser Friede.

Gebet um Gottes Segen

Gott, segne mir den Mond
hoch über mir.

Gott, segne mir die Erde
hier unter mir.

Gott, segne mir Frau und Kinder
und segne mich selber, Gott,
mich, bei dem sie wohnen.

Gott, segne mir Frau und Kinder
und segne mich selber, Gott,
mich, bei dem sie wohnen.

Gott, segne mir alles,
worauf mein Blick ruht.

Gott, segne mir das,
worauf meine Hoffnung baut.

Gott, segne mir Verstand und Willen;
segne sie mir, o Gott,
du Gott des Lebens.

Gott, segne mir Verstand und Willen;
segne sie mir, o Gott,
du Gott des Lebens.

BOOKSHOP

Ermutigung

Mögest du immer Arbeit haben,
für deine Hände etwas zu tun.
Immer Geld in der Tasche,
eine Münze oder auch zwei.
Immer möge das Sonnenlicht
auf deinem Fenstersims schimmern
und die Gewissheit in deinem Herzen,
dass ein Regenbogen dem Regen folgt.
Die gute Hand eines Freundes
möge immer dir nahe sein,
und Gott möge dir dein Herz erfüllen
und dich mit Freude ermuntern.

Segnen und danken

Ich entdeckte beim Übersetzen dieser irischen Texte, dass »segnen« im Englischen eine Doppelbedeutung hat. Das brachte mich darauf, dass es im Lateinischen ebenso ist, auch im Hebräischen fand ich diese Doppelbedeutung wieder: In all diesen Sprachen haben »segnen« und »danken« das gleiche Wort.

Wo von Gott Gutes ausgeht und zu mir kommt, manchmal auch da, wo es von einem Menschen zum anderen geht, da wird es »segnen« genannt – englisch »bless«. Wo Gutes von mir ausgeht und sich an Gott wendet, da meint es »danken«, »loben« und »preisen« – englisch »bless«.

Segnen und danken haben etwas miteinander zu tun.

Einen Menschen segnen, das kann der, der selbst Gott für sein Leben dankt.

Segen gibt dankbar von Gott empfangenes Leben weiter und gibt es dabei zugleich auch bittend Gott in die Hände zurück: Gott hat es gegeben, Gott möge es weiter geben. Gott wird es endlich wieder zu sich nehmen, weil es ihm gehört und weil er es mag, weil es ein Segen ist.

Neujahrssegen

Den neuen Tag, Gott, segne mir –
so neu, noch nie gewesen!
Voll Dank für deine Gegenwart
sei die Zeit, die du mir gegeben.

Meine Augen segne mir, o Gott,
dass sie loben, was immer sie sehen:
meinen Nachbarn, ich will ihn segnen,
und mein Nachbar segne mich.

Ein aufgeräumtes Herz gib mir,
hab' auch du mich immer im Auge.
Mach' Frau und Kinder zum Segen für mich
und meinen Hof mit all seinem Leben.

Segnen und behüten

Man sagt, in Irland kenne jede Familie – wie sonst kaum in einem Land auf der Welt – das Auswandern und Abschiednehmen seit Jahrhunderten.
Immer wieder also Abschiedsworte und mitgehende Gedanken; daher vielleicht diese vielen Segenswünsche aus Irland, unter denen so viele Reisesegen sind.
Denen, die Abschied nehmen, wird deutlich, dass wir unseren Weg nicht alleine machen. Mit dem »mach's man gut« ist längst nicht alles gesagt.
Da geht einer fort, mit dem habe ich gelebt: Er hat manches für mich getan und bedeutet – und ich für ihn. Wie wird er nun allein weitergehen – und wie ich ohne ihn?
Wer wirklich Abschied nehmen muss, der spürt, dass er gern weiter bei dem anderen wäre, wie bisher.
Und dass er es doch nicht kann. Deshalb sprechen die alten Reisesegen alles an, was ihn nun statt meiner umgeben wird: den Weg, den Wind, die Sonne, sogar das Kissen, auf dem er ruht – sie alle sollen ihn freundlich umgeben, so wie ich es gern täte.
Und wenn ich ihn zum Abschied segne?
Segnen kann nur einer, der vorher ein Stück seines Lebens mit dem anderen geteilt hat, es an ihn weitergegeben hat – als eine Gabe Gottes für diesen Menschen.
Und der Segen sagt ihm: Das kann Gott dir überall geben, auch ohne mich, achte darauf!

Reisesegen

Möge dein Weg dir freundlich entgegenkommen,
Wind dir den Rücken stärken, Sonnenschein
deinem Gesicht viel Glanz und Wärme geben.
Der Regen möge deine Felder tränken,
und bis wir beide, du und ich, uns wieder sehen,
halte Gott schützend dich in seiner hohlen Hand.

Gott möge bei dir auf deinem Kissen ruhen,
dich schützend in seiner hohlen Hand halten.
Deine Wege mögen dich aufwärts führen,
freundliches Wetter begleite dir deinen Schritt.
Wind stärke dir den Rücken –
und mögest du längst im Himmel sein,
wenn der Teufel bemerkt, dass du fort bist.

Vor einer Pilgerfahrt

Dies Lied sang ein Pilger, wenn er seine Pilgerfahrt begann. Seine Familie, die Freunde begleiteten den Reisenden, wenn er es sang und aufbrach – zu einer Reise, von der die Pilger allzu oft, aus den verschiedensten Gründen, niemals zurückkehrten.

Meine Worte seien voller Leben,
in allem, was ich sage, sei Sinn,
Kirschblütenschmelz auf den Lippen,
bis ich wieder bei euch bin.

Die Liebe, die Christus kann geben,
öffne alle Herzen für mich.
Die Liebe, die Christus kann geben,
öffne mich für jeden und dich.

Wenn ich Flüsse und Wälder durchquere
und Täler, lang und wild,
die schön-weiße Maria sei mir Stütze,
der Hirte Jesus mein Schild.
Die schön-weiße Maria sei mir Stütze,
der Hirte Jesus mein Schild.

Gastfreundschaft

Ich traf gestern einen Fremden,
setzte ihm Essen vor,
füllte den Becher zum Trinken,
spielte Musik für sein Ohr.

Und der Fremde, im Namen Gottes,
der der Dreieinige ist,
gab meinem Haus seinen Segen,
meinen Lieben und auch meinem Vieh.

Und über dem Dach die Lerche,
sie jubelt: Oft, oft und oft
geht in der Bitte des Fremden
Christus durch unseren Ort –
geht in der Bitte des Fremden
Christus durch unseren Ort.

Segen ist Musik

Die Überraschung an diesem Spruch war für mich die Musik: Essen und Trinken für einen Fremden, ja – aber nun auch noch »Musik für sein Ohr«!
Da wird also aus der Pflicht der Gastfreiheit die Freude am Gast.
Aus dem Gast wird der Freund, Not erfährt nicht nur Hilfe, sondern Freundschaft und menschliche Nähe.
Der Fremde braucht immer mehr als Essen und Trinken, gerade er lebt nicht vom Brot allein.
Fremdheit kann schnell Verlassenheit werden. Der Fremde ist der Unbekannte, erweckt Scheu: Er könnte bedrohlich sein, zumindest störend – und das spürt er auch selbst.
Dieser Mensch hier erlebt es nun offenbar anders. Und segnend gibt er das empfangene Leben als eine Gabe Gottes wieder zurück.
Sie ist Gottes Sache, diese Nähe zu Fremden – und als Gottes Sache wird sie »Musik für sein Ohr«, egal, ob ich die nun mit Instrumenten oder mit meiner Stimme mache oder ob der Gast einfach in meinem Wesen diese Musik spürt: die Harmonie, bei der einer Interesse am andern hat, auch am Fremden, dessen Tonlage ich erst herausfinden muss.
Und dann die andere Überraschung in diesem Spruch: die Lerche! Es kann auch der Glanz der Sonne sein oder die plötzliche Freude, die mich dann anders durch den Tag gehen lassen, nachdem mir ein Stück Nähe geglückt ist:
»Oft, oft und oft geht in der Bitte des Fremden Christus durch unsern Ort!«
Gerade nicht im Gewohnten und Vertrauten, sondern in dem, was noch fremd und ungewohnt ist – oft, oft und oft.

Irischer Weihnachtsgruß

Nicht dass von jedem Leid verschont du mögest bleiben,
noch dass dein künft'ger Weg stets Rosen für dich trage
und keine bitt're Träne über deine Wangen komme
und niemals du den Schmerz erfahren sollst –
dies alles, nein, das wünsche ich dir nicht.

Denn: Kann das Herz in Tränen nicht geläutert,
kann's nicht im Leid geadelt werden –
wenn nämlich Schmerz und Not
dich aufnimmt in die Gemeinschaft mit Maria und dem Kind,
so dass ihr Lächeln Zuversicht und Trost gewährt?

Mein Wunsch für dich ist vielmehr dieser:
dass dankbar du und allezeit bewahrst in deinem Herzen
die kostbare Erinnerung der guten Ding' in deinem Leben;

dass mutig stehst du in deiner Prüfung,
wenn hart das Kreuz auf deinen Schultern liegt
und wenn der Gipfel, den es zu ersteigen gilt,
schier unerreichbar scheint,
ja selbst das Licht der Hoffnung zu entschwinden droht;

dass jede Gottesgabe in dir wachse
und mit den Jahren sie dir helfe,
die Herzen jener froh zu machen, die du liebst;

dass immer einen wahren Freund du hast, der Freundschaft wert,
der dir Vertrauen gibt, wenn dir's an Licht gebricht und Kraft;
dass du dank ihm den Stürmen standhältst
und so die Höhen doch erreichst –

und dass in Freud' und Leid das Lächeln voller Huld
des menschgeword'nen Gottessohnes mit dir sei
und du allzeit so innig ihm verbunden,
wie er's für dich ersehnt.

Segen des Leides?

Es ist nicht einfach, davon zu reden. Ich denke an Hiobs Freunde – und an den leidenden Hiob, der all ihre Lebensweisheiten nicht ertrug, wie sie einen Sinn im Leiden behaupteten oder suchten.
Ich möchte nicht solch ein Freund Hiobs sein.
Und doch gibt es die Erfahrung, dass einer durch Leid reicher geworden ist, sein Leben an Tiefe und Fülle gewinnt. Seltsam genug – aber es ist so. Einer meiner irischen Segenswünsche, ein alter Weihnachtssegen, spricht das als Wunsch aus.

Um an solcher Erfahrung teilnehmen zu können, scheint eins nötig zu sein: Gemeinschaft, durch die Leben entfaltet wird – ein wahrer Freund. Nichts macht so einsam wie das Leid. Den Bekümmerten meidet man – aus Hilflosigkeit, aus Angst vor eigener Belastung, auch aus Härte: Leidende Menschen sind störend im glatten Ablauf der eigenen Tage.
Und dann ein wahrer Freund! Einer, der hinzusehen wagt und mir hilft, selbst hinzusehen; einer, der fragt und hört und wieder fragt – und der auch schweigt, vielleicht ratlos, aber mir zugewandt.
Solch ein Freund ist ein Segen. Durch ihn kann mein Leiden zum Segen werden. Denn jetzt kommt bei mir zum Leben, was im Schmerz erstarrt war und dumpf. Kommt vielleicht schmerzhaft zum Leben, aber nun kann Erfahrung daraus entstehen: Loslassen dessen, was mir genommen wurde oder was ich in mir verloren habe; tastende Versuche mit Neuem, das in mir geboren werden soll; neues Wahrnehmen von dem, was mich schon lange trug als gute Erfahrung in meinem Leben; und eine Ahnung, dass ich durch all dies fähiger werde, vielleicht »die Herzen jener froh zu machen«, die ich liebe, anderen Menschen selbst mehr und mehr ein wahrer Freund zu werden.

Unmerklich gehen in diesem irischen Weihnachtssegen die Zuwendung des Freundes, das Lächeln der Maria, die rettendes Leben gebiert und das Lächeln des menschgewordenen Gottessohnes ineinander. Jeder ergänzt die anderen in der Erfahrung, dass auch Leiden gesegnet werden kann als weitergegebenes Leben.

IV Fluch und Segen

Segen und Fluch?

Glaube und Unglaube wachsen aus derselben Wurzel – auch Segen und Fluch.
Beide kommen aus der Erfahrung, dass die Welt noch nicht fertig ist, dass sie wird, sich wandelt, unberechenbar und unvollkommen und oft auch verkehrt.

Der Glaube entdeckt das Versprechen darin, Wachstum, Vergebung und neuen Beginn, das Experiment des Lebens – und er liebt dies unvollkommene Leben und diese widersprüchliche Welt und sich selbst mit all seinem Licht und Schatten, liebt das alles auf Hoffnung und spürt so Gott auf zwischen sich und allen Dingen.

Der Unglaube nimmt die gleichen Erfahrungen wahr – als Beweis gegen Gott. Er liebt dieses unvollkommene Leben, diese widersprüchliche Welt und sich selbst mit seinem Licht und Schatten, und liebt... – nein, denn solange er liebt, ist auch noch die Hoffnung in ihm.
Doch dann, wenn er nicht mehr liebt, diese Welt und sich selber, wenn er die Hoffnung verliert zwischen sich und den Menschen und Dingen, da werden sie ihm, da wird er ihnen zum Fluch – und aus der Wurzel wachsen Verzweiflung, Hass und Zynismus.

Glaube und Unglaube wachsen aus derselben Wurzel. Und der Segen hebt die Bitterkeit und den Hass nicht einfach auf, sondern steht gegen den Fluch und bleibt die andere Seite derselben Wirklichkeit: Wer zum Segen wird, kann auch zum Fluch werden.

Schutz gegen den Fluch

Du, voller Treue, Gott,
o liebender Gott voller Gnaden,
zeichne mich gegen alle Flüche,
zeichne mich gegen allen Zauber,
du Gott des Lebens voll Mitgefühl.

Verzeihung schenke du mir
bei meinen mutwilligen Reden,
bei meinen falschen Schwüren,
bei meinen dummen Taten,
bei meinem leeren Geschwätz.

Wie du im Anfang warst,
als meine Wege begannen,
so sei du auch wieder
am Ende meines Wegs.

Wie du bei mir warst,
als sich meine Seele formte,
sei du, Vater, auch
für meinen Weg das Ziel.

Sei bei mir zu aller Zeit,
ob ich liege oder stehe,
sei bei mir im Schlaf,
mit denen, die mir lieb.

Gegen den Bösen Blick

Mrs. Spain, unsere Gastgeberin, stieg in ihren alten Wagen, schloss die Tür, schlug ein Kreuz, murmelte: »In the name of God« und fuhr los. Ich fragte sie, warum sie das tue.

»Man muss alles segnen«, antwortete sie. »Wenn ich bei meinem Nachbarn in den Stall gehe, segne ich ihm sein Vieh. Ich segne das Gemüse in seinem Garten, wenn ich vorbeikomme, ich segne seine Frau und seine Kinder im Haus. Wenn man über eine Weide geht, sagt man ›God bless you‹. Wenn man sich auf den Weg macht, sagt man ›In the name of God‹.« Und halb murmelnd fügte sie nach einer Pause hinzu: »Das ist gegen den Bösen Blick!«

»Schade«, schoss es mir durch den Kopf, »also alles Aberglaube, die ganzen Segenswünsche nichts als magische Beschwörungsformeln!« Oder doch mehr als das? Warum sind diese Segenswünsche so schön, so voll von Leben, von Liebe zum Leben? Und ist das eigentlich so verkehrt mit dem Bösen Blick?
Es leuchtet mir doch auch ein, dass ich mit dem guten Blick segnen kann! Wenn der Segen zwischen mir und den Dingen ist, in meiner Art, mit ihnen zu sein, zum Segen – kann ich dann nicht wirklich auch mit ihnen sein zum Fluch?

Also auch hier: Die Wirklichkeit ist mehr als die Dinge – sie ist dazu all das, was zwischen den Dingen und Menschen, was zwischen Menschen und Menschen ist.

Ich weiß nicht, in welcher Absicht der Fremde mein Haus betritt, mit welchen Gedanken der Nachbar mein Anwesen betrachtet, wozu es ihn verleitet oder inspiriert. Es ist nicht gleichgültig, ob es sein gutes oder sein böses Auge ist, das darauf ruht.
Und dann kommt er und segnet mein Haus, meine Familie, mein Vieh. Er erinnert mich und sich selbst an den Segen darin, an die gute Art, all dies zu empfangen oder etwas davon zu geben.
Das ist gut gegen den Bösen Blick, wirklich.

Dazwischen

Gottes Auge zwischen mir und jedem Blick.
Gottes Wille zwischen mir und jeder Absicht.
Gottes Hand zwischen mir und jeder Hand.
Gottes Schutz zwischen mir und jedem Schutz.
Gottes Verlangen zwischen mir und jedem Verlangen.
Gottes Zügel zwischen mir und jedem Zügel.
Dann kann kein Mund mich verfluchen.

Der Schmerz Christi zwischen mir und jedem Schmerz.
Die Liebe Christi zwischen mir und jeder Liebe.
Die Kostbarkeit Christi zwischen mir und aller Kostbarkeit.
Die Freundlichkeit Christi zwischen mir und aller Freundlichkeit.
Die Wünsche Christi zwischen mir und allen Wünschen.
Der Wille Christi zwischen mir und jedem Willen.
Dann kann kein Gift mich verwunden.

Die Dinge besprechen

Wir nennen das Aberglauben – aber was alles haben wir zugleich mit ihm verbannt, als unsere Vorfahren solche geheimnisvollen Gewohnheiten in den Aberglauben verbannten?
Wie gingen diese keltischen Christen mit ihrem Getreide um! Die Winde dürfen es worfeln und jedes hat seine eigene Art: Den Roggen drosch man so, dass der sanfte Novemberwind oder Dezemberwind das Korn von der Spreu scheiden konnte, den Hafer so, dass die kalten Januar- oder Februarwinde es durften, und die Gerste erst, wenn die scharfen März- und Aprilwinde wehten. Und alle diese Vorbereitungen dienten dazu, der Natur im Frühjahr zu helfen.

Das Zusammenspiel der Naturkräfte macht das Leben erst aus. Die eine kann gut zur anderen sein, sie helfen einander zum Leben. Und der Mensch spürt die Mitverantwortung dafür, dass solche Hilfe geschieht. Drei Tage vor der Aussaat wird das Saatgut mit klarem Wasser besprengt, wobei man dem Gang der Sonne nach um das Getreide herumgeht. Die Zeremonie war malerisch und wurde mit großer Sorgfalt durchgeführt. Der ganze Rhythmus des Jahres, von der Aussaat bis zur Ernte, wurde dabei erinnert und mit segnenden Worten vorweggenommen – dem Gang der Sonne folgend und dem Gang dieses Segens umging der Bauer sein Korn und wickelte es in seine Zuwendung ein.

Was ging verloren, als Aussaat und Ernte zu bloßen technischen Vorgängen wurden?! Und das, was blieb – ist das wirklich genug? Mag auch ein Stück Magie in diesen christlich-heidnischen Bräuchen der Kelten stecken, im Kern sind sie wahrscheinlich viel näher an der Wirklichkeit als unsere scheinbar so realistische Art:

Die Wirklichkeit ist mehr als die Dinge.

Der Landwirt ist nicht nur Maschinist und Agraringenieur. Ist er nur das, dann droht der Natur der Verschleiß – und ist die Maschine kaputt, stehen wir sprachlos daneben.

Und wir könnten doch dem Leben entsprechen, wie Gott es geschaffen hat: Könnten mit der Sprache unseres Herzens der Natur antworten, ihr zureden, alle Versprechen wiederholen, sie zurückholen, die in zahllosen Farben, Tönen, Bewegungen Gottes vielstimmige Verheißung sind, untrennbar miteinander verbunden: der Schöpfer, der Bruder und der Heilige Geist.

Die Saat segnen

Ich mache mich auf, die Saat auszusä'n
in ihres Schöpfers Namen.
Ich werde dem Wind entgegengeh'n
und volle Hände auswerfen.
Wenn ein Korn auf die Felsen fällt,
hat es keinen Boden zum Wachsen.
Soviel, wie auf die Erde kommt,
wird mir der Tau vermehren.

Der Freitag ist für die Aussaat geschickt.
Der Tau kommt herab, zu begrüßen
alle Saat, die den langen Winter schlief,
seit der Frost kam ohne Erbarmen.
Alle Saat bildet Wurzeln im Erdreich aus,
wie der Herr der Elemente es wollte.
Der Tau lockt die frischen Keime hervor,
sanfter Wind wird ihnen Leben einhauchen.

Ich umschreite die Saat mit meinem Schritt,
folg' dabei dem Gang der Sonne
im Namen Ariels und seiner Engel, der neun,
in Gabriels und der guten Apostel Namen.
Vater, Sohn und Heiliger Geist
geben jedem Gewächs meines Feldes
Gedeihen und wohlschmeckende Frucht,
bis die Tage der Freude kommen.

St. Michaels Tag, gesegneter Tag,
da werd' ich die Sichel legen
an die Wurzeln des Korns, so bin ich's gewohnt,
und den ersten Schlag schnell aufheben.
Und ich drehe ihn dreimal um meinen Kopf
und spreche dabei meinen Segen,
meinen Rücken gegen den Wind von Nord,
mein Gesicht der Sonne entgegen.

Ich werfe die Handvoll weit von mir fort,
ich schließe zweimal die Augen:
Fällt es dort nieder in einem Bund,
werden die Scheunen sich füllen und dauern.
Kein Carlin wird kommen mit schlechter Zeit,
ein Stück Haferbrot von uns erbitten.
Und kommt rauer Sturm mit grimmigem Blick,
kann kein Mangel und Härte uns treffen.

Der Angst einen Namen geben

Von »namenloser Angst« reden wir in unserer Sprache: Sie ist da, doch sie hat kein Gesicht; ungreifbar, unbegreiflich, oft uns ganz unbewusst. Und namenlos wird sie übermächtig, erdrückt uns und lähmt. Der Angst ein Gesicht geben, damit man ihr ins Gesicht sehen kann, sich zu ihr verhalten kann, so dass sie ihr Maß bekommt – ist das wirklich so schlecht?

Die keltischen Christen hatten Namen für ihre Angst: Sie nannten sie Geister und Gnomen – und Feen das, was zugleich verlockt und erschreckt. Ist das Aberglaube – oder vielmehr ein Glaube, der hinsieht? Der das sieht, was Angst macht, es bei sich wohnen lässt und es nicht verdrängt? Der Angst ein Gesicht geben, ist das wirklich so schlecht?

Man entdeckt dann, dass man die Geister bannen kann durch einen freundlichen Blick, durch ein Gebet, einen Segen – durch den Blick und die Besinnung auf eine andere Wirklichkeit, die einen umgibt mit Zuneigung, Segen und Kraft.
Segnen, nicht fluchen – und das Gesicht, das die Angst hat, wird kleiner, vielleicht boshaft und klein, listig und giftig, aber es ist nicht mehr die maßlose Angst.
Und manchmal vielleicht, überraschend, sogar ein listiger Freund...

Und beides zusammen, das, was mir Angst macht, und das, was mich beschützt und belebt, anzusehen als eine Welt, meine Welt, Gottes Welt, in der ich zusammen mit allem lebe.

Behütet ruhen

Streitbarer Michael,
Michael, der die Feinde verwundet,
schütze mich diese Nacht
vor dem Neid der Übelgesinnten,
dem Neid der Übelgesinnten.

Brigit, Schutz der Kuhherden,
du, Brigit der Schutzmäntel,
schütze mich vor dem Bann
der Feen in den Hügeln,
der Feen in den Hügeln.

Maria voller Sanftheit,
du, Maria voller Zierde,
unterstütze und schütze mich
mit deinem leinenen Mantel,
mit deinem leinenen Mantel.

Christus der Bäume,
du, Christus vom Kreuz,
reiß mich fort von den Schlingen,
den boshaften Schlingen des Bösen,
den boshaften Schlingen des Bösen.

Vater der Waisen,
du, Vater der Nackten,
rette mich in die Schutzhütte
zum Retter der Armen,
zum Retter der Armen.

V Glaube – heftig und zart

Wo Glaube und Unglaube dicht beieinander wohnen

Sie müssen ja dicht beieinander wohnen, weil sie beide gleichen Ursprungs sind: Beide verlassen die gängige Oberfläche der angeblichen Normalität – der Glaube, weil er hinter dieser Normalität ein Versprechen spürt, dass das Leben in seinem Grund viel mehr ist, in seiner Sehnsucht viel weiter geht als das, was in seinen vordergründigen Gewohnheiten steckt. Unvernünftig lässt der Glaube sich auf einen Seilakt des Lebens ein, lässt sich auf die Abgründe unter der Oberfläche ein und sieht angesichts dieser Abgründe mit festem Blick auf das schmale Seil zu seinem Ziel, das weit vorn liegt, ihn aber jetzt schon trägt.
Unvernünftig glaubt er den Abgründen von Leid, Härte und Sinnlosigkeit nicht, dass sie die ganze und letzte Wahrheit sind – und muss gerade deswegen so viel und immer schmerzhafter in sie hineinsehen und auf dem Seil über sie hintanzen.

Oder: Plötzlich starrt er in den Abgrund – und fällt. Und Verzweiflung oder Bitterkeit, Spott oder fatalistischer Humor werden zu seiner Sprache.

Glaube und Unglaube wohnen so dicht beieinander, dass kein wirklich Glaubender ohne die Sprache der Verzweiflung und des Fatalismus auskommen wird. Die unvernünftige Leidenschaft des Propheten Jeremia im Alten Testament, die unvernünftige Leidenschaft des Hiob für Gott – sie können Vater und Mutter verfluchen, gießen bitteren Spott über ihre Freunde mit den vernünftigen Reden aus, empören sich über Gott und gehen ihm ans Zeug mit ihren Vorwürfen.

An sie erinnert manches in der Lebensart der Iren, wenn sie von ihrer Freundlichkeit plötzlich überwechseln in bitteren Zorn und wenn man von ihnen sagt, trotz ihrer Frömmigkeit ließen sie keine Gelegenheit zum Streit aus.

An sie erinnert die Sprache der Iren, selbst noch in der alltäglichen Unterhaltung, wenn sie die Wortspiele liebt, sich an dem Hintersinn der Worte freut und durch plötzliche Wendungen verblüfft und in eine Falle lockt.

»Die Sprache deiner Gebete, deiner Flüche und Liebeserklärungen« hat sie einer genannt. Sie ist oft ein akrobatischer Akt auf dem Seil, kunstvoll mit dem Sinn balancierend – und ganz sicher bist du nie, ob der Sinn dahinter schon den Absturz in den Fatalismus andeutet oder ob nicht hinter dem Fatalismus schon wieder ein ganz tiefer Glaube spricht.

Unvernünftiges Christentum

Fromme Frauen, fromme Mädchen und fromme Kinder werden auch in den vernünftigsten Ländern geduldet und mit Nachsicht als eine Dekoration angesehen; fromme Männer – das scheint gleichbedeutend mit Heuchlern zu sein. In einem Land, wo auch die Unvernunft männlich ist, sind fromme Männer nicht unbedingt Heuchler. Die irische Kirche ist immer eine Mönchs-, eine Männer-, eine Väterkirche gewesen. Dem Christlichen, das von Rom ausging, hat Irland sich gebeugt, dem Weltlich-Vernünftigen nie.

Das Unvernünftige am Christentum hat den Iren immer mehr eingeleuchtet als alle vernünftigen Versionen, die auf einen Kompromiss hinausliefen.

Männliche Frömmigkeit ist der Vernunft so unverständlich wie die Milde Christi der sündigen Samariterin gegenüber, die nach dem lebendigen Wasser verlangte, dem Wasser des Jordan, dem Wasser der Heilung, dem Wasser der Taufe – nur der Glaube macht es zu mehr als gewöhnlichem Brunnenwasser.

Wo der Glaube so groß ist, ist der Unglaube nicht kleiner. Irland hat große Gläubige hervorgebracht und große Ungläubige, deren Unglaube so maßlos war wie der Glaube der Gläubigen – und so unvernünftig, dass er den mitteleuropäischen Skeptikern übertrieben erschien.

Wo Übertreibung Lebensgesetz ist, wohnen inniges Kindergebet, fromme Männer und tiefe Verzweiflung nahe nebeneinander.

HEINRICH BÖLL

Irische Redensarten

Als Gott die Zeit machte,
hat er genug davon gemacht!

Voller Menschen liegen die Friedhöfe,
ohne die die Welt nicht leben könnte.

Möge dein Dach nie einfallen
und mögen die, die darunter wohnen, nie herausfallen.

In der Jugend haben wir unsere Plagen noch vor uns;
im Alter lassen wir Vergnügen hinter uns.

Junge Leute wissen nicht, was Alter ist;
alte Leute vergessen, was Jugend war.

Möge der Herr dich in seiner Hand halten,
aber nie seine Faust zu fest zumachen.

Sieh nicht alles, was du siehst
und hör nicht alles, was du hörst.

Restaurant
The Vintage Restaurant

Streit um die Bibel

Immer wieder geht mir dieser Krieg um eine Bibelabschrift durch den Kopf, die Folge eines Streites zwischen zwei später heilig gesprochenen Mönchen: St. Columban und St. Finnian, im 5. Jahrhundert.
Columban schrieb diesen Psaltertext in der Kapelle Finnians heimlich ab – und der Besitz von Worten war für die Kelten der Besitz besonderer Macht! Der eine wusste etwas, was der andere nicht wusste – und obwohl es Worte ihres gemeinsamen Glaubens waren, entbrannte darüber ihr Streit.
Sie einigten sich darauf, die Sache vor den König zu bringen. Als aber der König gegen St. Columban entschied, verfluchte der ihn, verließ im Zorn den Richtplatz – und der König rüstete zum Krieg gegen Columbans Sippe.
In der Schlacht bei Dul Drembne meinte Columban einen Engel vor seinen Leuten herziehen zu sehen in Gestalt eines riesigen Kriegers – er besiegte den König und 3000 Krieger fielen in diesem Kampf um ein heiliges Buch. So erzählt die Legende.

Doch dann kommt das schreckliche Erwachen: St. Columban bereut seine Tat, zieht sich büßend in die Einsamkeit der irischen Nordwestküste zurück, nach Glencolumcille, in diesen rauen Winkel Donegals hinter den Klippen von Slieve League. Aus der Reue entsteht der Entschluss, aus der Heimat zu emigrieren – das ist nicht nur der Beginn der Missionierung Schottlands, sondern der ganzen iroschottischen Missions- und Reformationsbewegung in Nordeuropa.

Ein einfacher Glaube ist das nicht. Ein Glaube voller Spannungen und Widersprüche ist es, der oft vor Eifer gar nicht mehr merkt, was da in seinem leidenschaftlichen Bemühen geschieht. Und da kann viel passieren, ist immer wieder viel Unbegreifliches geschehen – alles für das Wort Gottes und für die Wahrheit oder einfach aus der Impulsivität des Lebens heraus! Es geschieht – und die Beteiligten kommen gar nicht auf die Idee, es könnte ein Widerspruch zu eben diesem Glauben sein. Doch ein Glaube, der sich leidenschaftlich ins Leben verwickelt, weil er das widersprüchliche, abgründige Leben meint, das Leben dieser Erde, dieser Glaube kann nicht ohne Zorn und Eifer sein. Darum muss seine Buße dann auch wie die Columbans sein: nicht Rückzug aus dieser Welt, sondern Askese als Weg in dieses Leben hinein.

Zeit zur Abendandacht

Eben stürzt die Wirtin eines Speiselokals hinter einem Jungen her, der sich für zwanzig Pfennig Kartoffelchips gekauft und ihrer Meinung nach sich zu viel Essig aus der Flasche, die er vom Tisch nahm, daraufgekippt hat.
»Du Hund, willst du mich ruinieren?«
Wird er ihr die Chips ins Gesicht schmeißen? Nein – er findet keine Antwort, nur sein keuchender Kinderbrustkorb antwortet: Pfeifentöne, die ziehend aus der schwachen Orgel seiner Lunge kommen ...

Noch ist der Streit um die sechs Tropfen Essig nicht beendet, drohend die Hand der Wirtin erhoben, ziehende Pfeifentöne kommen aus der Brust des Jungen. Gleichgültige schleichen vorüber, Trunkene torkeln, Kinder mit Gebetbüchern laufen, um pünktlich in die Abendandacht zu kommen.
Aber der Retter nahte schon: groß war er, dick, schwammig, seine Nase hatte wohl geblutet, dunkle Flecken bedeckten sein Gesicht um Mund und Nase herum; auch er war schon von der Sicherheitsnadel auf die Kordel gekommen: für seine Schuhe hatte es nicht mehr gelangt, sie klafften. Er nahte sich der Wirtin, verbeugte sich vor ihr, deutete einen Handkuß an, zog einen Zehnschillingschein aus der Tasche, überreichte ihn – erschrocken nahm sie ihn – und er sagte höflich:
»Darf ich Sie bitten, gnädige Frau, diese zehn Schilling als Bezahlung für sechs Tropfen Essig als angemessen zu betrachten?«
Schweigen in der Dunkelheit hinter King John's Castle, dann der Blutbefleckte plötzlich mit leiserer Stimme:
»Darf ich Sie außerdem darauf aufmerksam machen, daß es Zeit ist für die Abendandacht? Richten Sie bitte dem Pfarrer meine respektvollen Grüße aus.«

Er schwankte weiter, erschrocken lief der Junge davon, und die Wirtin war allein. Plötzlich rannen ihr Tränen übers Gesicht, und sie lief schreiend ins Haus zurück, ihre Schreie waren noch zu hören, als die Tür hinter ihr schon geschlossen war ...

HEINRICH BÖLL

17
59
GUINN
DRAUGH

ESS
THE WATER
BALTIM

Bier für die Männer des Himmels

In seinem Beitrag »Irland und seine Kinder« im Merianheft über die grüne Insel zitiert Heinrich Böll offenbar ein altes irisches Gedicht mit der Vorbemerkung: »Wo kein Wein wächst, importierter Wein seine Blume verliert, die Aufklärung kein Publikum fand, dürfen die Heiligen sich Christus als Biertrinker vorstellen«:

»Ich möchte die Männer des Himmels
bei mir zu Gast haben
und große Fässer voll Fröhlichkeit
ihnen kredenzen.

Sie sollen lustig sein beim Trinken,
auch Jesus soll mit ihnen
bei mir zu Gast sein.

Einen großen See voll Bier
will ich bereit haben für den König der Könige.
Ich möchte die heilige Familie
trinken sehen in alle Ewigkeit.«

Erinnerung an glückliche Tage

Wie wir uns an uns selbst freuten damals in der lange vergangenen Zeit – die Alten ebenso wie die Jungen! Ich habe oft drei und manchmal sogar vier Generationen zusammen tanzen sehen auf dem grünen Rasen. Männer und Frauen von achtzig und mehr Jahren tanzten mit fünf- oder sechsjährigen Jungen und Mädchen. Das waren glückliche Tage und Nächte und es gab weder Sünde noch Sorge für uns auf der Welt. Der Gedanke an diese Kinderzeit macht mein altes Herz froh und traurig zugleich, sogar jetzt noch nach so langer Zeit!

Aber dann kam die Aufklärung über uns und zerstörte alles: machte aus unseren kleinen Bauernhöfen große Höfe für die Fremden, verkehrte unsere Freude in Elend, unsere Heiterkeit in Bitterkeit, unser Segnen in Fluchen und unseren Christenglauben in Hohn und Spott.
Ach, guter Mann, mir kommen die Tränen in die Augen, wenn ich an all das denke, was wir gelitten haben, und all die Sorgen, Härten und Unterdrückungen, die wir durchgemacht haben.

Alexander Carmichael

VI Askese für die Schönheit der Erde

Askese für die Schönheit der Erde

Sicher, die irischen Mönche der ersten christlichen Jahrhunderte sind strenge Asketen gewesen. Inspiriert vom Mönchtum der orientalischen Wüsten, den Einsiedlern und Säulenheiligen, flohen sie in die Einsamkeit. Sogar eine Reformbewegung zurück zu größerer Entsagung ging von ihnen aus für das bequem gewordene Klosterwesen auf dem europäischen Kontinent.

Und doch muss etwas Neues in ihrer Askese gewesen sein: Aus dem Abtöten ihrer Bedürfnisse ging eine neue Erfahrung von der Schönheit der Erde hervor. Sie spürten nicht nur die schrecklichen Möglichkeiten menschlicher Leidenschaft und Gier, sondern auch seine Leidenschaft für das Schöne – der Mensch, zärtlich und gewalttätig zugleich. Seine Bedürfnisse sind eine Verführung zu zerstörendem Eigennutz und zugleich die Empfindsamkeit für ein verheißenes Leben in Fülle.

Im altirischen Recht galt die Verbannung als außergewöhnliche Strafe für ein schweres Vergehen: Verlust der heimatlichen Insel und der Sippenzugehörigkeit. Viele irische Mönche wählten diese Verbannung freiwillig – als Sühne für ihre verkehrte Art, Mensch zu sein. Aber die Kleininseln, auf denen sie dann ihre Verbannung als Einsiedler lebten, waren ihnen doch nicht nur »das Ende der Welt«.

Eine Insel war in der altirischen Religion ein heiliger Ort und auch die »andere Welt« stellten sie sich als eine ferne Insel vor. Der Heilige Brendan zog mit seinen Brüdern zur Seefahrt nach Westen aus, kam bis Island und vielleicht in den Norden Amerikas, weil er diese ferne Insel suchte, das Land der Verheißung, das Paradies. Im Traum sah er eine Insel von anziehender Lieblichkeit und es wurde ihm verheißen, sie zu finden und vierzig Tage lang auf ihr zu wohnen.

Diese Mönche verlegten in ihrer Askese die Neue Welt also nicht einfach ins Jenseits und werteten damit die jetzige Welt als verflucht und verloren ab. Sie erwarteten und suchten die Neue Welt für diese Erde, Gottes Schöpfung – wohl jenseits unserer jetzigen Wirklichkeit, aber als ihre Zukunft und ihr Ziel. Und sie baten Gott, er möge sie diese Auferstehung in Irland erleben lassen.
Darum konnten sie die Vorboten dieser Neuen Welt auch in der jetzigen Schönheit der Erde entdecken, gerade durch Verzicht auf das Sammeln und Haben – Jesus darin sehr nahe, der im Verzicht auf das Sorgen die Lilien auf dem Feld und die Vögel des Himmels sah.

Ein Ort voller Schönheit

Dies Mahl, so schmal bemessen,
betend verzehrt ohne Gier,
keine Gefahr für eine Verfehlung
ist dieses Mahl mir.

Das Maß des trockenen Brotes,
zu dem ich mich dankend gebeugt,
Wasser aus heiterer Quelle
ist alles, was ich begehr'.

Herbe, dürftige Nahrung,
Aufmerksamkeit für ein Buch,
fern vom Streiten und Schwatzen –
mein Gewissen friedlich und leicht.

Gepriesen die Augen, die schauen,
wie die Heiligen voll Seele sind
mit ihren durchscheinenden Wangen,
ihrer hager verwitterten Haut.

Christus, der Sohn Gottes, sei mit mir,
mein Schöpfer und mein Herr,
den ich suche mit meinem Geiste
dort, wo seine Herrschaft ist.

Dieser Ort kann meine Seele beschützen,
heilige Mauern rings um mich her,
ein Ort voller Schönheit, gesegnet –
und ich bin ganz bei mir.

Meine Insel

Das täte ich gern:
Umschlossen auf meiner Insel,
vom hohen Felsen herab
dem Meer nachsinnen,
so vielfältig bewegt.

Seine gewaltigen Wellen sehen,
aufleuchtend in strahlendem Glück,
voll Musik für Gott, ihren Vater,
ein unendliches Lied.

Und das blitzende Band des Strandes,
aller düsteren Schwermut fern.
Den herrlichen Schrei der Vögel,
ihren übermütigen Psalm.

Das Donnern der mächtigen Brandung,
die gegen die Felsen schlägt,
dieses Brüllen des Meeres,
diesen Aufschrei am Kirchhof dort.

Den Vogelschwärmen nachschauen,
schwingend weit über das Meer,
und die machtvollen Wale bestaunen,
Gottes wundersamstes Geschöpf.

Und mit Ebbe und Flut, ihrem Kommen und Gehen,
meinen Namen zurückkehren lassen
nach Irland – und meine geheimsten Gedanken,
die ich kaum zu flüstern versteh'.

Hier würde mein Herz sich öffnen,
ganz in das Schauen vertieft,
und ich könnte meine Sünden beweinen,
die so schwer zu erfassen sind.

Und meinen Schöpfer loben,
der alles lenkt,
die vollkommene Ordnung des Himmels,
die Erde, das Meer, jedes Ding –

über meinen Büchern sinnen
nach dem, was der Seele nützt,
meinen geliebten Himmel bestaunend,
oder auch, wenn ich Psalmen sing' –

beim Sammeln von Seegras am Felsen
oder dann, wenn ich fischen geh',
den Armen das Essen austeile
oder allein in der Zelle bin –

Zeit, für Gottes Herrschaft zu beten
und für unser Heil!
Diese Arbeit, die gar nicht schwer ist,
die täte ich gern.

Blick in die Ferne

Sieh weit hinaus
dort nach Nordost,
das großartige Meer –
es wimmelt von Leben,
Element der Seehunde,
es glitzert und spielt
in der steigenden Flut.

Der Schreiber im Wald

Der Wald, meine Mauer, umschließt mich,
süß füllt die Amsel mein Herz.
Über dem Buch, das ich schreibe,
hebt sich der Vögel Chor.

Hoch über ihnen allen
ruft der grauköpfige Kuckuck mir zu –
Gottes Versprechen.
Gott möge mich schützen,
den sorgsamen Schreiber im Wald.

Eine Hütte bei Gott

Ich habe im Wald eine Hütte,
niemand kennt sie – nur Gott!

Eine Esche hier seitwärts,
ein Haselstrauch dort.
Auf dem Hügel der große Baum
breitet darüber sein Dach.

Zwei Heidebüsche als Pfosten,
ein Geißblatt über der Tür.
In den Hof schüttet der Wald seine Nüsse
und mästet mir mein Schwein.

Der Raum in meiner Hütte,
so klein, doch gar nicht gering –
ich kann mich darin bewegen
und alles ist mir vertraut.

Und oben von meinem Giebel
im schwarzen Federkleid
singt mir das Amselweibchen
ein melodisch geschwungenes Lied.

Einsiedler

O du zufriedene Amsel!
Baust dir dein Nest, wo du willst.
Einsiedler, ganz ohne Glöckchen –
süß, weich, voller Frieden dein Lied.

Meine Gedanken

Welche Not, all meine Gedanken!
Sie laufen stets von mir fort.
Ich fürchte, großes Leid wird mich treffen
bei der Ernte am Jüngsten Tag.

Huschen aus dem Gesang meiner Psalmen
auf Wege, die ohne Glück.
Sie jagen, jauchzen und tanzen
direkt unter Gottes Blick.

Jagen durch Menschengewoge,
wo Mädchen kichernd steh'n,
durch Wälder und durch Städte,
schneller als Winde weh'n.

Sie wandern den Pfad der Tugend
manchmal – auch wenn keiner es glaubt.
Und dann wieder auf schlimmen Wegen,
auch da ist kein Zweifel erlaubt.

Sie starten mit bösen Schritten,
überqueren ohne Boot jedes Meer –
und hüpfen mit einem Sprunge
doch auch von mir himmelwärts.

Rennen, ohne sich zu besinnen
über Grenzen hinweg dort und hier –
und landen nach taktloser Reise
doch immer wieder bei mir.

Ich habe versucht, sie zu binden,
ihnen zu fesseln den leichten Fuß.
Sie wollen niemals zur Stille kommen,
sie wünschen sich keine Ruh'.

Der strafende Schlag meiner Peitsche
hemmt ihnen nicht ihren Flug.
Wie der wendige Schwanz eines Aales
entgleiten sie meinem Zug.

Kein Riegel, kein Gruftgewölbe,
weder Ketten noch festes Schloss,
noch Festung, noch Meer, nackter Kerker
verhindern den freien Fluss.

O Christus, reiner und edler Herr,
du kennst all meine Gedanken.
Dein Geist mit den sieben Gnaden
halte sie fest in Schranken.

O Schöpfer, du gerechter,
lenke du mir mein Herz,
dass ich deinen Segen empfange
in dem, was dein Wille ist.

O Christus, gib mir deine Liebe,
und mache uns eins, dich und mich.
Unendlicher, du,
und nicht hinfällig, wie ich!

Gottes Macht halte mich aufrecht

Gottes Macht halte mich aufrecht,
Gottes Weisheit, die leite mich:
Gottes Auge schaue für mich,
Gottes Ohr höre für mich,
Gottes Wort spreche für mich,
Gottes Hand bewahre mich
gegen die Fallstricke des Bösen,
gegen die Versuchungen des Geistes, des Leibes,
gegen alle, die mir schaden wollen.

MANFRED WESTER, 1931 in Kiel geboren, war nach seinem Theologiestudium als Gemeindepastor und Studienleiter für Erwachsenenbildung in der Jugendarbeit Schleswig-Holstein tätig. Er war der erste Pastor im Frauenwerk in Schleswig-Holstein. Neben Morgenandachten, die er im Rundfunk hielt, war er auch in der Sendung Wort zum Sonntag vertreten. Manfred Wester hat den irischen Segen und seine Bedeutung in Deutschland bekannt gemacht und gilt als profunder Kenner dieses Gebietes. Er starb 1985 in Plön.

SIBILLE VICTORIA MÜLLER, geboren 1947 in Hüls am Niederrhein, war schon in ihrer Jugend so vom Fotografieren fasziniert, dass sie es dann später zum ihrem Beruf machte. Fotografieren bedeutet für sie, aus der Hektik des Alltags herauszutreten, um die Schönheit und Einzigartigkeit der Natur und des Lebens wahrzunehmen. Mit ihren Bildern möchte sie dem Betrachter die Augen für das Leben um ihn herum neu öffnen.

Dieses Buch ist unter dem Titel »Einübung ins Glück in Irland entdeckt« mit Bildern von Nicolai Wester und Thomas Waldhof erstmals 1986 im Burckhardthaus-Laetare Verlag (Offenbach) erschienen.
Wir danken Frau Gisela Wester (Plön) für Ihre Zustimmung zur vorliegenden Neuausgabe.